すめらぎひよこ
illustration
Mika Pikazo
background painting
徹田
我が焔炎《ホムラ》に
ひれ伏せ世界
ep.2
魔王軍、ぶった斬ってみた

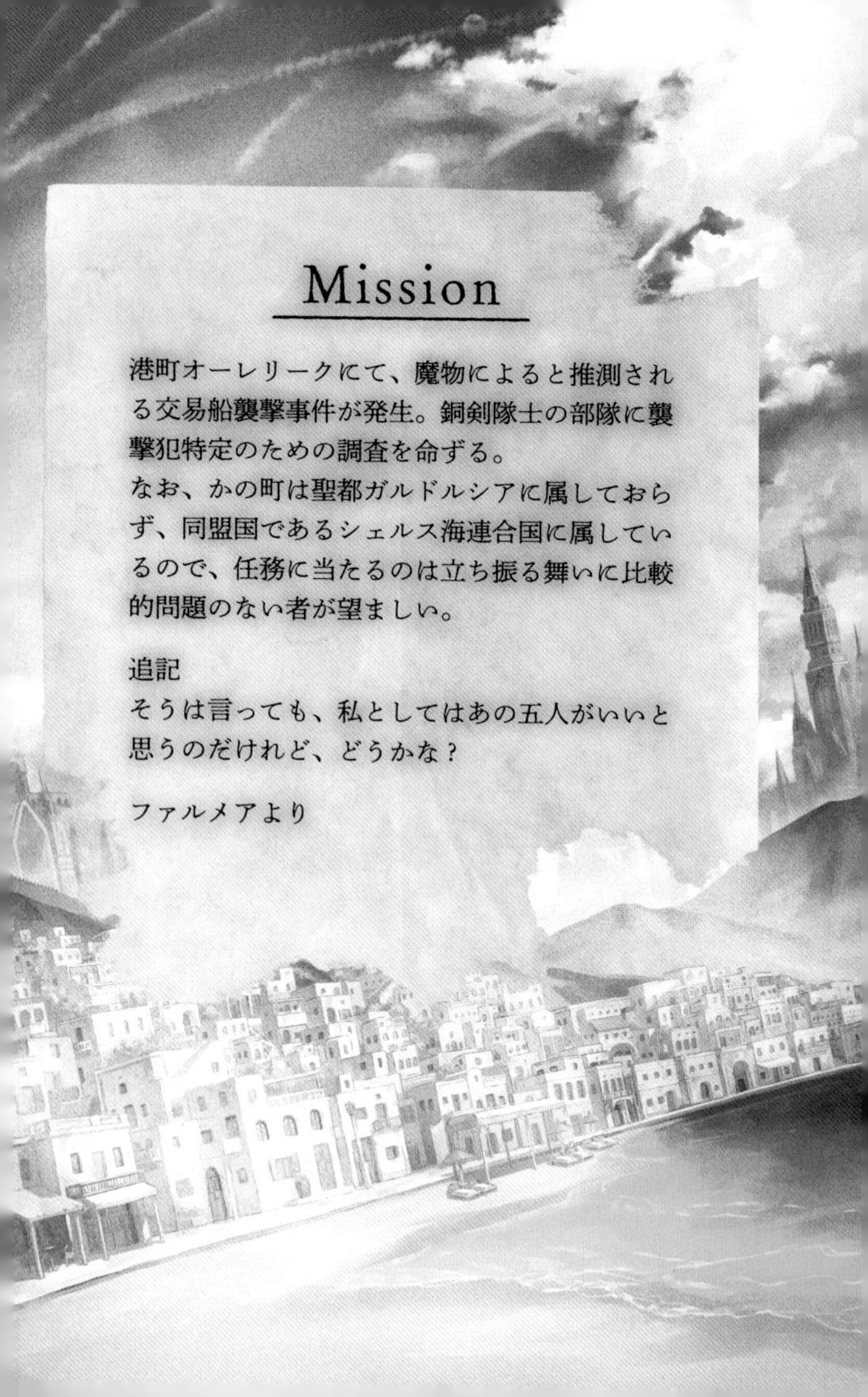
Mission
港町オーレリークにて、魔物によると推測される交易船襲撃事件が発生。銅剣隊士の部隊に襲撃犯特定のための調査を命ずる。
なお、かの町は聖都ガルドルシアに属しておらず、同盟国であるシェルス海連合国に属しているので、任務に当たるのは立ち振る舞いに比較的問題のない者が望ましい。
追記
そうは言っても、私としてはあの五人がいいと思うのだけれど、どうかな？
ファルメアより

Pro

ecimated
Bows Down

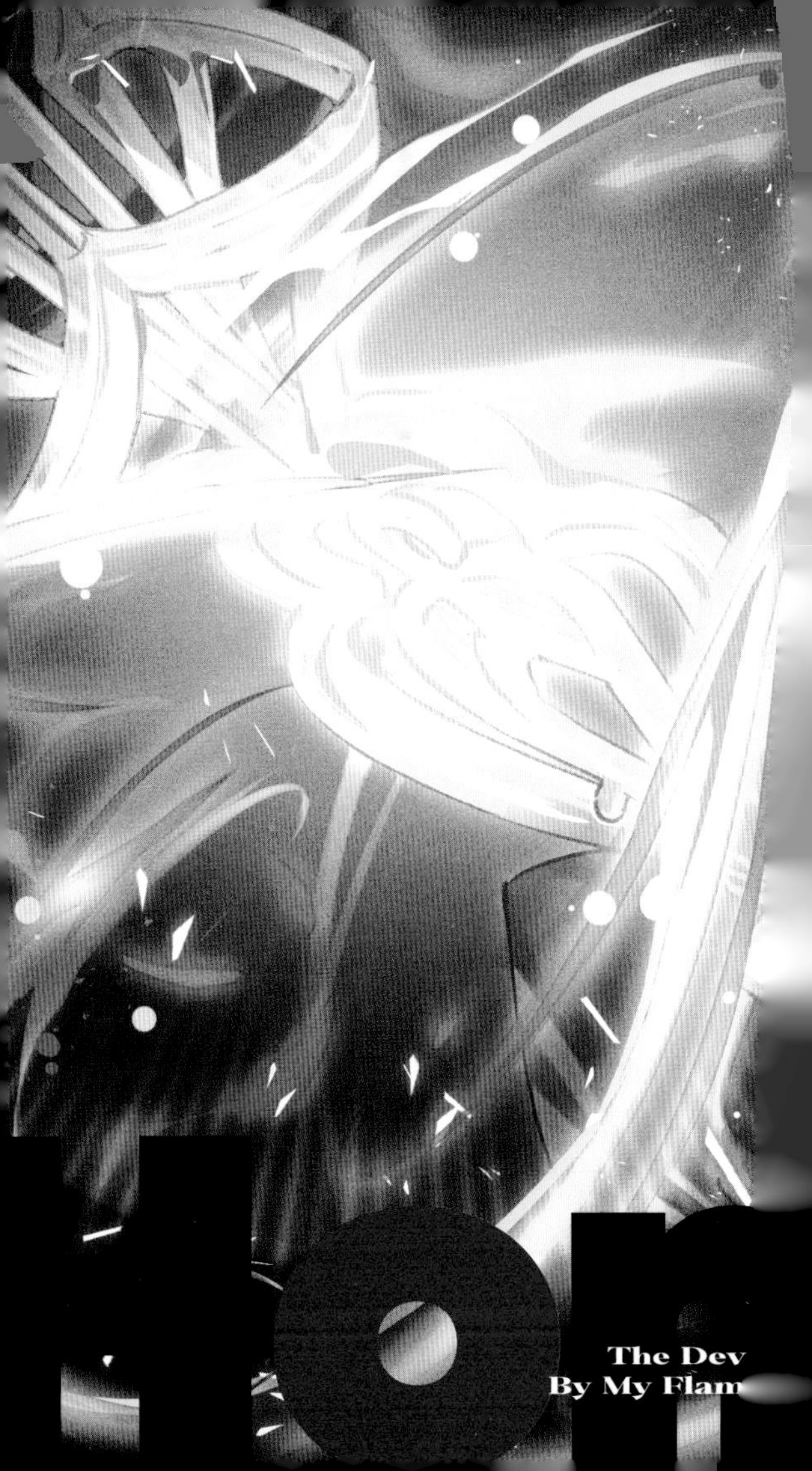
The Dev
By My Flam

我が焔炎《ホムラ》にひれ伏せ世界

ep.2 魔王軍、ぶった斬ってみた

すめらぎひよこ

角川スニーカー文庫

23708

著　すめらぎひよこ
イラスト　Mika Pikazo
背景画　徹田
デザイン　草野剛

The Devil's Army, Decimated
By My Flame the World Bows Down

CONTENTS

ジン

暗殺者。日本の裏側で暗躍する暗殺者一族の一人。悪を斬ることにしか興味がなかったが、異世界に来てから自分の実力を試すことに楽しみを見出し始めている。白米が好き。

ツツミ

生体兵器。毒ガス散布を目的とした兵器だが、機能不全により失敗作とされた。儚げな雰囲気を纏うが、ご飯はもりもり食べるし、躊躇なく人を殺せる。部隊のマスコット。

Incredible Girls

ヤバい奴ら紹介！

プロト

機械生命体。日本の技術者によって美少女ロボに改造された、地球外産の機械。地球よりも高度な技術で生み出されたが、何事もパワーで解決しようとする。生意気。

ホムラ

発火能力者。超能力により身体が発火する少女。部隊の中では一番の常識人だと自負しているが、心の奥底ではとある欲望が渦巻いていて……？

サイコ

マッドサイエンティスト。人体実験とB級映画が大好きで、異世界においても醜悪なクリーチャーを作ろうとする。頭は良いが、その知力は人をからかうために使われる。

プロローグ　『バカンスの予感』

The Devil's Army, Decimated
By My Flame the World Bows Down

「いやあ、クズを焼くのって楽しいですね！」

青く澄んだ空と同じくらい、ホムラの表情は明るい。

ホムラたち五人は、ガダリ村での一件以降、下級の魔獣や盗賊の討伐任務をこなしながら過ごしていた。

今もまさに盗賊討伐任務を終え、居候先であるグルドフ邸にたどり着いたところである。

「アタシらならともかく、一般人のお前が討伐任務に抵抗がねえの、相当やべえぞ」

先頭を歩くサイコが、ホムラにツッコミを入れる。

「びっくりするくらい、一ミリたりともまったく反論の余地がないですね！」

当然ながら、日本ではただの一般人であったホムラは、そんなことはしたことがなかった。人体実験や暗殺、生体兵器としての教育とは無縁の日常。ましてや、地球外生命体だから地球の生命体の気持ちが分からない、というわけでもない。

「でも、相手は悪党ですから世直しに繋《つな》がりますし、できるだけ苦しまないように火力高めで燃やしてますし……」

　結果として人助けになっているので、ホムラは容赦なく燃やす。むしろ、苦しまないようにできる限り高い火力で燃やす。慈悲深い無慈悲。

「まあ、お前の強火すぎる攻撃性を、焼いてもいい奴《やつ》らだけで発散させんのは、まだ理性が残ってる証拠だけどな。んでも、ハイになったときは殺すつもりで止めるから覚悟しろよ」

「覚悟してまーす……。一応、正気を保つ訓練はしてるんですけどね、そうなったときは思いっきりやっちゃってください……」

　罪悪感を薄めるために悪人を焼いているだけで、ホムラにはそもそも何かを燃やしたくなる衝動が胸の奥底にある。加えてガダリ村での一件で、完全にトランス状態に陥ったときには無差別に燃やそうとすることが判明した。しかし、ホムラ本人としてもそうなるのは不本意なので、歯止めが利くように必死になっているのだ。

「でも私たち、異世界《こっち》で生きるのに向いててよかったですよね、気持ちよく悪党成敗できるんで。むしろ、異世界《こっち》の方が生きやすいというかなんというか……」

　異世界に招かれて正解だったと、ホムラは安心する。

「おぬしらと一緒にされては困るな」

そこに口を挟んだのは、意外にもジンだった。相変わらずの仏頂面だが、声にはしっかりと不平が乗せられている。

「へえ、ジンさんも冗談言うんですね」

だが、あまりにも発言と印象がかけ離れており、ホムラは真に受けなかった。

「冗談ではない、たわけが。人の命をなんだと思っておる」

さすがにムッとした表情になったジンは、ホムラの頭を拳で軽く叩《たた》いた。

「あいたっ！　す、すみません、てっきり何の感情もなく斬ってるのかと……」

それなりのダメージを受けてうずくまるホムラを置き、四人はすたすたと玄関へ向かう。

「相手が同種ってだけなのに、いちいちそんな感情を抱くなんて、人間って面倒だねえ」

「ふわぁ……」

プロトは人間の生態を不思議がり、一方ツツミは眠気に抗《あらが》っていた。

サイコが屋敷の玄関ドアを押し開ける。ギイッと蝶番《ちょうつがい》が軋《きし》む音とともに、一人の少女の声がホムラたちを出迎えた。

「おかえりなさいませ」

住み込みメイドが恭《うやうや》しく頭を下げる。表情と声にはいつも感情が乗っていないが、気配を消して背後に立つという奇妙な茶目《ちゃめ》っ気《け》があることをホムラは最近知った。というか何度も経験して、何度も驚かされている。

暗殺者の素質があるなと、オタク的解釈をしてホムラは勝手に興奮していた。

「ただいま」

いつものように挨拶を返し、いつものように浴場に向かう。今では当たり前となった任務終わりの習慣だ。

……と、そこで頭を上げたメイドが五人を呼び止めた。

「お疲れのところ申し訳ありませんが、グルドフ様がお待ちです。入浴後、執務室の方へ。次の任務の話があるとのことです」

淡々と用件を告げ、メイドは一礼して去っていった。

「仕事が終わって早々、次の仕事の話かよー。ブラック企業かっつーの。……いや世界そのものがブラックだったわ」

「まあまあ、魔王を倒すためにも力をつけないといけないんですし、辛抱しましょうよ」

ホムラは文句を垂れ流すサイコをなだめたが、内心ではサイコと同じ気持ちだった。

魔王の再来によって魔物の動きが活発になり、不安が治安を悪化させている。魔王討伐を目指すのは頼まれたからではあったが、もうこの世界は自分たちが生きる世界だ。生きたいように生きるためにも、目的地は変わらずそこなのだ。

……ただ、任務が続いて疲労が溜《た》まっているのは否めない。

「そういや、魔王を倒して世界が平和になったら、アタシは誰を人体実験の材料にすりゃいいんだ？」

「そのときはもう、サイコさんは地下牢《ちかろう》にぶち込まれてると思うんで、気にしてもしょうがないですよ」

「今すぐにでも地下牢がマイホームになりそうな奴が何か言ってんなあ」

「…………」

「…………………」

取っ組み合いが始まった。


「用件は聞いているな？　早速本題に入るぞ」

書斎を兼ねた執務室の机に、家主であるグルドフが座している。相変わらず、よく肥えた体躯《たいく》にキリッとした顔立ちが似つかわしくない。

「今度の任務は『オーレリーク』という港町での……めちゃくちゃ眠そうだな、君たち！」

早速本題に入ろうとしたが、早速全員寝かけていた。「眠そう」どころか、数人寝ていた。

溜まった疲労に加え、入浴によるリラックス。漂う書物のにおいや、窓から差し込む午後の日差しが眠気を加速させたのだ。

プロトは窓際で日の光を浴びながらスリープモードに入っており、ツツミは部屋に設《しつら》えられているソファで寝息を立てている。ジンは仁王立ちしたまま静かに目を閉じており、寝ているのか起きているのか分からないが、多分寝ている。

「疲れてんだからしょうがねえだろ」

「お風呂に入った後ですしね」

疲れ切った後に一休みすれば、眠たくなるのは必至。タイミングが悪い、の一言だ。

「だって入浴前に呼んだら、君たちめちゃくちゃイライラしてて怖いんだもん」

「疲れてんだからしょうがねえだろ」

「お風呂に入る前ですしね」

疲れ切っているのに一休みもできなければ、苛立《いらだ》つのも必至。タイミングが悪い、の一言だ。

「そう思って十分に休ませたら、いつの間にか街に出ててどこ行ったか分かんなくなるし」

「いいからさっさと仕事の話をしろや」

「そうですよ、そのために来たんですから」

反論のしようがなかったので話の続きを聞くことにした。

「ぐぬぬ……、この小娘たちは……！」

何かが爆発しそうなグルドフは、ほとんどため息のような深呼吸をしてなんとか耐える。

これが小娘たちが持ち合わせていない、「人間性」というものだった。

「……では話を戻すぞ。その港町オーレリークで事件が発生したのだ。航行中の交易船が何者かに襲われ沈没したらしい。襲撃者は魔物という可能性が高く、君たちに調査依頼が回ってきたのだよ。詳しい依頼内容は向こうで聞いてくれ」

「サメだな。サメが犯人に違いない」

「B級サメ映画マニアは黙っててください」

B級サメ映画に脳が侵されている。かわいそうに。

「それにしても、今回は『調査』……なんですね」

いつもは討伐依頼であったので、ホムラは少し不思議に思った。

「そうだ。今回はあくまで調査。魔物と遭遇する危険性はあるが、調査の結果動くのは君たちより上の階級の者たちだ」

つまり、襲撃犯を特定さえすれば、戦わずとも任務は完了ということだ。

「ってことは、いつもよりは楽ってことか！」

「港町を満喫できますね！」

「まあ、そういうことだよ」

むしろそちらが本題なのか、グルドフは表情が晴れた二人の顔を見て、満足そうに微笑《ほほえ》んだ。

「とはいえ任務は任務だ。羽目を外さないように」

そして釘《くぎ》を刺すのも忘れない。痛いところを突かれ、ホムラはどきりとした。

確かに、「港町」という響きに浮き立っている。そもそも殲剣隊《せんけんたい》でも一番下の階級である銅剣隊士《どうけんたいし》に回ってきた依頼というだけで、それほど危険な任務ではない。息抜きを欲していたホムラたちにとっては、まさにご褒美だった。羽を伸ばした結果、羽目を外してしまうのは容易に想像できる。

だがここで、とある懸念事項がホムラの脳裏によぎる。

「あのー……、言いにくいんですけど、オーレリークの隊士さんは大丈夫な人ですかね？」

ホムラは暗に、ルートルードのような危険人物がいないかを尋ねた。直接的な言葉を使わないのは、ルートルードがグルドフの弟子であったからだ。

ホムラの心中を察したグルドフは、声のトーンを落としながらも、安心させるように答えた。

「濁さなくていい。支部長のトーレクは私と旧知の仲でな。頼りなさそうに見えるが頼れる男だ。ルートルードのように裏の顔があるような奴《やつ》ではないよ」

「そう、ですか……」

逆に気を遣われてしまい、ホムラの言葉は尻すぼみになってしまう。

「はあ……、教え子の抱えていたものに気づけなかった自分が情けないよ……」

グルドフは視線を落とす。

「あいつは昔から優秀でね、私と出会った頃は同年代の子らを見下しがちだったんだよ。聡明《そうめい》で、実力もあり、家柄も良い。だからこそ自分と違いすぎる『持たざる者』のことを理解できなかったのだろうな。そんな理解のできない『持たざる者』に、理解のできない『正義』というものを背負って接する私やシグラットのような『持つ者』もまた、理解のできない『何か』に見えたのかもしれん」

顔を上げたグルドフは、ホムラたちに目を向けた。その目には悔いの色が表れていたが、どこか安堵《あんど》してもいるようだった。

「とにかく、彼を止めてくれてありがとう。心の整理がつかず、この話は避けていたが、やはり感謝を伝えねばな」

ホムラは胸にちりちりとした痛みを感じた。

狡猾《こうかつ》に善人面をしていたルートルードが悪いのであって、その悪性に気づけなかったグルドフが悪いわけではない。それでもグルドフは、教え子を理解してやれなかったことを悔やみ、その凶行に責任を感じているのだ。優しすぎるが故に、彼は苦しんでいる。

「ただ、こういう話は全員が起きているときにした方がよかったな。二、三人寝てるし」

「まあ、その……そうですね」

それはそうとして、タイミングが悪いの一言だ。サイコも寝かけているので、実質ホムラしか話を聞いていない。

「ほら、起きろ！　話は終わったぞ！」

グルドフは手を叩き、寝ている少女たちの意識を引き戻す。

睡眠の邪魔をされ若干名不機嫌そうにしていたが、ジンだけはしっかりと目を開けた。

「某《それがし》は寝ておらん」

そう嘯《うそぶ》いてみせるが……。

「なら、何の話をしていたか分かるな？」

「話は変わるが——」

「ほら聞いてない」

キリッとした表情は、ただの寝ていないアピールだった。

「これに似た刀剣はないだろうか。いつまでこれが使えるか分からんのでな」

ジンは腰に差した日本刀に手を当てる。

隊士であるならば、階級によって制限があるとはいえ、申請すれば武器が支給される。しかし、日本刀のような武器はここガルドルシアでは見たことがなく、申請のしようがない。そこでジンは、日本刀に似た刀剣でいいので自ら探そうとしているのだ。

「それならば、ちょうどオーレリークで似たものを見たことがあるな。あの町は交易の要でね、様々なものが集まるのだよ。物珍しくて話を聞いたんだが、確かオーレリークの近くに、それを作る村があるのだとか。村の名前は……スー……いや、スク……？　よく思い出せんな……」

グルドフは頭をひねってみるが、答えにはどうにも届かないようだった。

「いや、それだけで十分だ。感謝する」

「そうか、すまないね」

最後の詰めにまではたどり着かなかった。それでも任地に手がかりがあるという都合のいい情報を摑《つか》め、ジンの表情は少し和らいだ。

「ああ、そうだ。言い忘れていたが、オーレリークは特殊な立ち位置の町だ。ガルドルシアから隊士を派遣してはいるが、ガルドルシアに属しているわけではない。南にあるオーレリークのさらに南、資源の豊富なシェルス海連合国に属する都市だ。都市防衛を担う代わりに、交易について優遇してくれているわけなのだよ。羽目を外すなというのは、こういう事情も関係している。オーレリークとの関係が悪くなれば、ガルドルシアの経済に響くのだよ」

「なんか、思ったより面倒な町に行かされるんですね……」

綺麗《きれい》な港町でのんびりバカンス、とまではいかないまでも、落ち着いて息抜きができるとホムラは心が弾んでいた。それが案外窮屈《きゅうくつ》な町と知り、自然と肩が落ちる。

「そうがっかりしないでくれ。美しい町なのは確かだよ」

「はーい」

どうしても気落ちした返事しか出てこない。

「羽目を外すなといっても、普通に過ごしていれば問題はない……と言いたいところだが、特大の不安要素が一人いたな……」

「おう！」

この場の誰もが同じ人物《サイコ》を思い浮かべ、本人《サイコ》すら元気よく返事をするほどだった。

「なんでそんなに元気なの、君……。君の元気な返事を聞く度に胃が痛むのだよ」

「アタシの治癒魔術で癒やしてやろうか？」

「結構だ」

ホムラも、サイコの自分勝手な言動には手を焼いている。グルドフはこの世界での保護者でもあるので、安心させてやろうとホムラは一歩前に出た。

「私がよく見張っておくんで、安心してください」

胸を張り、自信満々に言い放つ。

「君もまあまあ不安要素なんだがね？」

「あれ、思ってた反応と違う！」

ショックを受ける。自分もグルドフの胃の敵であった。

「まあいい。最後にもうひとつ。町までは衛盾隊《えいじゅんたい》の同行者がいるから、仲良くするんだぞ」

「おう！」

サイコ、すかさず元気な返事。

一章　『アレスとリアン』

　グルドフの言っていた「同行者」とは、入隊試験に乱入した結果、試験を邪魔してしまった相手――アレスら四人であった。気品のある鎧《よろい》と剣盾のアレス、魔術師の杖《つえ》を持つリアン、重厚な鎧を纏《まと》う温和そうな巨漢、大弓を担いだ目の細い少女の四人だ。

　隊士用の馬車置き場で彼らと鉢合わせした瞬間、ホムラたちと同行することを知っていたアレスが、「なんでお前らなんかと……」と恨み言を吐いたのは言うまでもない。

　それに対し、習性的に煽《あお》ってしまうサイコは、爽やかな笑顔で「初めまして」と握手を求めた。ホムラが光の速さでサイコの頭を下げさせたのも言うまでもなく。

「『盾』となる者が逃げてはならないというのに……。己の心の弱さが情けないが、それ以上に多くの方々を失望させてしまったことが悔しい。ついでに余計なことをしたお前らも憎い」

　馬車に乗るなり、アレスは忸怩《じくじ》たる思いと恨み言を漏らす。

　彼は藍色のサーコートを纏わせた全身鎧を身に着け、今は兜《かぶと》を膝に置いている。その顔は精悍《せいかん》で、勇ましさを感じる金色の短髪と、強い意志の宿った青い瞳を持っていた。ただ、今その瞳には怒りと悔しさが滲《にじ》んでいる。

「んなもん、実績で見返せや。期待されてねえと『盾』になれねえのか」

「こらっ、サイコさん！　余計なことしたのは事実でしょ！」

「本当に申し訳ない」

申し訳なさが本当に微塵《みじん》もなく、サイコは真顔で謝罪した。

出場枠を横取りされた彼らだったが、次の試験で無事合格し、衛盾隊《えいじゅんたい》に入ることができたようだ。そしてオーレリークに配属されることになり、任地を同じくするホムラたちに同行する流れになったのだ。

そして現在、馬車はホムラの部隊とアレスの部隊、そしてギスギスした空気を乗せてオーレリークへと急いでいる。ちなみに、「馬より僕の方が速いよ」ということで馬車はプロトが引いている。旅路の高速化と引き換えに、サスペンションの効果を無に帰す揺れによる臀部《でんぶ》への継続ダメージを得た。嬉《うれ》しくない。

「謝って済む問題じゃないわ。アレス様は、いずれ護国聖盾《ごこくせいじゅんしょう》将になるとまで期待されているのよ。それを邪魔したってこと、分かってる？」

アレスの青筋が立つのと同時に、その隣に座るリアンが食ってかかってきた。

リアンは目鼻立ちがはっきりした、気の強そうな魔術師の少女だ。緩やかにウェーブのかかったダークブラウンの髪は、上品さを醸し出してもいた。彼女は黒いローブを身に纏い、先端に鉱石が取り付けられた杖を抱えている。

「へ、へえ……、アレスさんってすごいんですね」

そんな彼女の怒りを落ち着かせるためにも、ホムラはリアンの話に乗っかった。

「そうなの、すごいのよ！」

リアンは一転、目を輝かせて前のめりになる。

「うわっ、思ったより食いついてきた！」

「アレス様はね、あのときから見違えるほど強くなってるの。今のアレス様なら、あなたたちなんて瞬《まばた》きする間に全員斬り伏せてるわ」

「リアン、それは流石《さすが》に言いすぎだぞ」

「そう、言いすぎなのよ」

「お、おう……」

ホムラは、リアンの気迫と評価の急変に気圧《けお》される。

「だが、俺はもう二度と逃げはしない」

堅い決意を瞳に宿し、アレスはジンに目を向けた。入隊試験のとき、殺気で怖気《おじけ》づかされた屈辱を思い出したのだろう。

しかし当のジンは……。

「………」

「すみません、多分寝てます」

凛《りん》とした姿勢で、静かに寝ていた。

「お前らは本当に腹立たしいな……！」

「すみません！　すみません！」

サイコには煽られるわ、ジンに向けた決意表明は聞かれていないわで、ぶつけどころのないアレスの感情は引き攣《つ》った表情に滲み出た。ホムラはとにかく宥《なだ》めようと頭を下げまくる。

「あなた、苦労人なのね……」

リアンが同情の眼差《まなざ》しを向けた。

馬車内部の側面に設えてある長椅子に、ホムラたちとアレスたちは向かい合って座っている。ホムラは反対側の椅子に座りたい気持ちでいっぱいだった。

「あなたって呪術院の生徒なのよね？」

未《いま》だにサイコとアレスはもの凄《すご》い形相で睨《にら》み合いを続けているが、リアンはお喋《しゃべ》り好きなのか気軽に世間話を振ってくる。しばらく沈黙が続いていたものの、ギスギスした雰囲気に飽きたようだ。

「あれ、呪術院に通ってるって言いましたっけ？」

「一応言っておくけど、あなたたち有名人よ？　すごい新人がいるって」

「そうなんですか？　えへへ、知りませんでした……」

ホムラは照れた。新人隊士であるのに、危険な魔物——ルートルードを討ったのだ。有名になっても仕方がない。

「もちろん、悪い意味でもね？　あと個人的な恨みもあるし」

「そうですよね、知ってました」

ホムラの表情は無になった。入隊試験への乱入、素性の知れない者の同行、制御不能の火炎によるガダリ村の被害拡大。有名になっても仕方がない。

「で、話を戻すけど、呪術院って厳しすぎて自ら命を絶つ生徒が多いって噂《うわさ》、本当？」

「ええ……？　そんな噂まであるんですね」

サイコからも似たようなことを言われたがそれほどではなかった。どうあれ、呪術院は一般的によく思われていないことは確かだ。

「そもそも生徒なんてほとんどいないですし、めちゃくちゃ優しいですよ。何かできるようになったらびっくりするくらい褒めてくれますし」

「イメージと全然違うわね！」

　呪術院は地下にあり、じめじめとして薄暗い場所である。ホムラ自身、呪術院に初めて足を踏み入れたときのイメージと、実際の呪術院での扱いとの乖離《かいり》には驚いている。噂と実像の乖離がなおさら大きいことは、ホムラにも容易に想像ができた。

「って言っても、呪術院に入ってからまだ日が浅いですし、任務の合間に通ってるので深くは知らないんですけどね」

「ま、ガルドルシア出身じゃないとそうよね。魔術師として隊士を目指すなら、小さい頃から通うことになるけど……いや、それでもイメージと違いすぎるわ。やっぱり噂なんて当てにならないわね。魔術院の方が厳しいんじゃないかしら」

「でも、魔術院の生徒の方が志が高いって聞きますよ？　呪術院なんて、危ない魔術大好きな危険人物だとか、呪物に興味のある変態ばっかりですし」

　魔術師を目指す者のほとんどは魔術院に通う。魔術院ではこの世界の「普通の魔術」を学ぶ。魔力を衝撃波に変換して飛ばしたり、身体能力を補助したりするような、シンプルで制御が容易な魔術だ。

一方呪術院では、制御が困難で危険な火炎魔術や忌避される呪術を扱っている。それ故に、呪術院関係者は「危険人物」のレッテルを貼られがちなのだ。ただ、危険人物は実際に多い。

「それでも楽しそうではあるわね。魔術院もいいところなんだけど、ちょっと息苦しいし」

確かに、だからこそホムラは楽しんでいた。

「とにかく考えを改めるわ。思ったより陰湿なところじゃないって」

リアンは拍子抜けしたような、安心したような気の抜けた表情をしてみせる。

「まあ、お仕事で拷問とか暗殺のお手伝いやってるみたいですけどね」

「そこはイメージ通りなのね！」

現場は見たことがないが、呪術院の者が「お仕事行ってくるねー」という気楽さで囚人の拷問をしに行く姿は何度か見かけたことがある。

「あと、副院長は火炎魔術を活《い》かしてパン屋開いてます」

「なんなの！　呪術院ってなんなの！」

リアンが驚く姿が面白く、ホムラの顔には自然と笑みが浮かぶ。そんなホムラを見て、リアンも笑った。

打てば響くような小気味好い反応が楽しい。

「そうそう、これも噂で聞いたんだけど、ホムラは無詠唱で魔術が使えるって本当？」

「あう……それは……」

リアンは目を輝かせ、またしても前のめりになる。それだけ興味があるのだろう。

無詠唱魔術。この話題は呪術院でもしつこいくらい持ち上がり、その度に自分とは無関係だとホムラは主張してきた。

読んで字の如く、「無詠唱魔術」とは呪文を詠唱することなしに魔術を行使することだ。魔術の行使は精神状態に強く影響され、基本的に発動と効果を安定させるために呪文を詠唱する。呪文を詠唱することによって、行使する魔術を意識しやすくするのだ。そのため、無詠唱で安定した魔術行使ができるのは、かなり高水準の練度によるものだという。

そういう背景があるため、ホムラが詠唱もなしに炎を出せることは驚かれるのだ。呪術院でのホムラの師匠曰《いわ》く、発火能力は本当に魔法ではないとのことで、ホムラは「そういうもの」として納得させるほかなかった。

「それは……詳しくは分からないんですけど、私の炎って魔術じゃないんですよ」

「魔術じゃ……ない？」

「としか言えないというか、なんというか……。ちょっと別の方法で身体から火を出してるんですよ」

何を言っているのか理解できない顔のリアン。ホムラ自身、超能力がいったい何なのか分からないため、それ以上は説明できない。

「ふーん、世界は広いし、そういうのもあるのかしらね？　なんにせよ詠唱なしは憧れるのよねえ。『初歩的な魔術なら無詠唱で使えないとね』ってお姉ちゃんからも言われてるし」

「お姉さんも隊士なんですか？」

「隊士どころか、護国聖盾将《ごこくせいじゅんしょう》なんだから」

「ええ！　そうなんですか！」

衛盾隊士《えいじゅんたいし》の中でも、ほんの一握りの実力者しかなれない階級。その妹が目の前にいる。

「私のお姉ちゃん——セレナはね、魔障壁が得意なの。それこそガルドルシアの防衛の要と言っていいほどにね。私も魔障壁には自信と誇りを持ってるから、いずれはお姉ちゃんみたいに国を守りたいの」

叶《かな》えたい夢を語るリアンの姿を見れば、姉のセレナをどれだけ尊敬しているのかが伝わってくる。

「アレス様のお兄様も、護国聖盾将《ごこくせいじゅんしょう》なのよ」

話を振られたアレスは、もの凄い形相でサイコを睨《にら》みつけたまま答えた。

「ああ。だが兄上は遠方に派兵されていて、しばらく会っていないがな。兄上もセレナさんも素晴らしく立派な隊士で、俺たちは必死にそこを目指しているんだ」

「そんなアレスさんたちを、私たちは邪魔しちゃったんですね……」

「ふんっ……」

アレスは鼻を鳴らす。

やりたいようにやっている自分たちとは志の高さが違ううえに、周囲からの期待も高い。サイコの企てに巻き込まれただけとはいえ、アレスたちの障害になったことは事実だ。ホムラは負い目を感じ、肩も眉尻も下がる。

だがサイコは言い放つ。それはホムラに胸を張れと言わんばかりの言葉だった。

「こっちは現時点で護国聖盾将《ごこくせいじゅんしょう》に近い実力者がいるんだぞ。結果論だが、アタシらが先に入隊したおかげで、変態笑顔野郎をあれだけの被害で倒せたんだからな」

言い返されたアレスは、それを聞いて気掛かりなことを思い出した。

「そうだ、その話で思い出した。ルートルード殿……いや、敬称は不要だな。ルートルードが何者かの手を借りて魔物と化したとの報告を聞いたが、その『何者か』が『魔王』を名乗る者だというのは本当か？」

「あれ、これって言っていいんでしたっけ？　混乱を避けるために国の上層部と一部の隊士にしか伝えられてないはずですけど」

「その『国の上層部』である父上からそう話を聞いたが、当事者のお前らの口からも聞きたいだけだ」

「わお、お偉いさんのご子息なんですね……」

仲良くしておこう。ホムラは聞こえないほどの声で呟《つぶや》いた。

「確かに『魔王』って言葉が出ましたね」

「やはりな……」

アレスは腕を組み、陰りつつある平和を憂えた。

「その『魔王』によって魔物へと堕《お》ちたルートルードを、お前たちは倒したのか。あいつは金盾隊士《きんじゅんたいし》の中でも上位の実力者だ。にわかには信じられんが、お前たちの実力は本物なんだろうな。偶然勝てるような相手じゃない」

意外な評価。もっと否定されるものと思っていたホムラは驚いた。

「何だその顔は」

「す、すみません！　思ったより素直に評価してくれるんだなあ……って」

「当たり前だ。個人的にお前らに悪い印象があったとて、その力を民を守るために使ったのならば実力と功績を認めるさ。　俺たちでは、あいつに勝てる可能性はゼロだっただろうからな」

「マジで大変だったんだからな、あれ」

渋々といった形ではあるが、評価すべき行いには私情を挟まずに正当な評価を下す。アレスは、衛盾隊士《えいじゅんたいし》としての芯が揺るがない男のようだ。

ただひとつ、アレスに言うべきことがあった。

「話が逸《そ》れちゃいましたけど、私たちがアレスさんたちの邪魔をしたという事実は忘れないでくださいね。恨む権利がありますよ」

「あっ、おい余計なこと言うなよ！　せっかく話が逸れてたってのに！」

「お前は本当に人として終わっているよ……」

アレスは、厄介な人物と関わってしまった自分の行く末を憂えた。

「すみません、後で強く言って聞かせますんで……」

馬車の中で無駄に言い合いをしているせいで、無駄に体力を消耗してきたなと感じる頃、そろそろ中継地点の村が見えてくるだろうとアレスは告げた。

港町オーレリークへは三日かけて行く予定で、日が暮れる前に最寄りの集落で宿泊する手はずになっている。

基本的に夜間は旅を止める。夜間に魔物や盗賊の襲撃を警戒することは、昼間でのそれよりも遥《はる》かに難しい。そういうわけで各集落は、朝や昼に出発して、日が暮れる前に隣集落にたどり着くような距離にあることが多い。

「それにしても、彼……なのか彼女なのか分からんが、ずっと馬車を引かせて大丈夫なのか？」

馬の代わりを買って出て、休むことなく馬車を牽引《けんいん》していたプロトを、アレスは心配している。

「疲れたら、僕が引くから遠慮なく言ってね」

アレスの仲間の巨漢隊士も優しい口調で言うが、プロトは機械生命体なのでこのくらいでは機能に支障はきたさない。

とはいえ、これほどの人数を乗せた馬車を休みなく牽引するのは、下手をすれば人間でないことが露呈する。この世界では異常な体力を持つ者は存在するだろうが、一切顔を見せないことも含めて、不審がられるようなことは避けてほしかった。

ホムラの不安を察したのか定かではないが、アレスたちの心配の声を聞いたプロトは馬車を止めた。

これで牽引係を代わってくれれば、ひと安心だ。

「大丈夫だよ。だって僕は――」

これは大丈夫じゃない展開になるな。ホムラは確信した。

「人間じゃないからね！」

おもむろに兜《かぶと》を脱いだプロトは、唐突に頭部を一八〇度回転させ、瞳を激しく明滅させた。

「なんだ！　魔眼の類か！」

アレスたち四人は、プロトの視線から逃げるように腕で顔を覆う。どこか既視感のある光景。

「あははっ！　このリアクション、最高！」

「それ禁止！」

プロトに叫ぶ。

呪術院で学んだことだが、この世界では何らかの原因で眼球が変質し、魔法を宿すことがまれにあるという。魔眼は制御が難しく、そのうえシャレにならないほど凶悪な効果を持つものが多い。そういった理由で魔眼持ちは視覚を封じられることすらあり、最悪の場合目を潰さなければならないらしい。

プロトは理解していないが、このいたずらはこの世界の住人にとってはかなり心臓に悪いものなのだ。

「ごめんごめん、初対面の人間にはこれやっとかないと気が済まないんだよね」

「次やったら、本当に怒りますからね！　アレスさんたち、今のは魔眼じゃないので安心してください。人間じゃないっていうのも、なんというか……安心してください！」

事実として人間では不可能な首の動きと、明滅する目を見せられているので、ホムラの言葉はなんの気休めにもなっていなかった。

ホムラは収拾をつけようとするが、そこに畳みかけるのがサイコだ。

「こっちも人間じゃないぞ」

「ちょ、ちょっと！」

サイコはツツミのマスクを剝《は》ぎ取る。もう収拾がつかない。

「ん……？　もう、村に着いたの……？」

急に頭を揺さぶられて目を覚ましたツツミは、寝ぼけ眼で辺りを見回した。

「か、可愛《かわい》い……」

女子二人は複雑な表情でツツミの可愛さを認め、巨漢は苦笑いしかできず、アレスは呆《あき》れかえって天井を見上げた。

「どれだけ常識外れなんだ……お前らは……」

怒る気力すらなく、絞り出すようにアレスは呟いた。

得体の知れない五人組と関わってしまったことに、アレスは心が折れそうになっている。

護国聖盾将《ごこくせいじゅんしょう》になりたいのなら、このくらいは頑張って乗り越えてほしい。

「で、でもっ、ファルメアさんとイレーネちゃん公認ですから！」

「もはや女神様をちゃん付けで呼ぶことすらどうでもいい。いや、お前たちが特別扱いされていることは知っている。この待遇も何か考えがあってのことなんだろう」

どう考えても常識外の光景が眼前に広がっているが、国が認めているという事実がアレスの感情のやり場を迷子にさせている。

アレスは一度深呼吸をして落ち着くと、鋭い目つきでホムラたちを見据えた。

「だがルートルードを討ったとはいえ、人でない者を完全には信用できない。もちろん、その仲間であるお前らもだ。国に楯突《たてつ》くようならば、容赦なく刃《やいば》を向けるぞ」

冗談で言っているようには聞こえない。この世界の住人は、それだけ魔物に対する感情が強いのだろう。

「そうね、アレス様の言う通り、私たちは隊士だもの。いくら縁があるといっても、それよりも優先すべきものがあるわ」

アレスの意志に同調するように、リアンも目を向けてくる。

「でも、そういうことにはならないって、私は信じてるわよ」

リアンはにかっと笑う。変な奴《やつ》らとは思われているようだが、信頼はしてくれたらしい。

「ぜ、善処しまーす……」

だが「そういうこと」にならない自信が微塵《みじん》もなかったので、ホムラは曖昧な笑顔と返事しかできなかった。

「安心しろ」と自信満々に言い放っているサイコは、後で叩こうと思う。

二章　『森のくまさん』

The Devil's Army, Decimated
By My Flame the World Bows Down

オーレリークへの旅も三日目。日の出とともに中継地点である村を出発し、昼には到着予定だ。アレスたちとの旅路も、初日こそ険悪さが漂っていたものの、今ではいがみ合うことはなくなっていた。

その代わり、九人を襲い蝕《むしば》んでいるものがある。

――「退屈」だ。

二日目まではギリギリ会話が繋《つな》がり、退屈を凌《しの》げていた。それも三日目にはぷつりと途切れた。お喋《しゃべ》りしかすることがない状況は、お喋りする気力すら奪っていく。

幌《ほろ》をかき分けて外を見ても、代わり映えのない森や平原。世間話すらネタに困る。馬車が鳴らす音だけが、ただただ頭の中を這《は》いずり回っていた。

あまりの退屈さに何かしらの刺激を求めるも、もはやサイコのからかい攻撃に反応する気力もない。そんなこんなで、サイコも幌馬車の天井を無心で眺めている。

退屈は沈黙を呼び、沈黙は退屈に拍車を掛ける。

刺激が欲しい。九つの心は、ひとつになっていた。

交易の要であるオーレリークへ続く街道であるので、力を入れて警備をしているらしく、これまでの道中では魔獣や盗賊とは遭遇しなかった。喜ばしいことではあるが、ホムラたちはもとより、功を焦るアレスたちにとってももどかしい状況だった。

そろそろ天井で揺れる帆布《はんぷ》の染み模様を完璧に覚えてしまうかもという折、アレスが怠《だる》そうに口を開いた。

「あとひとつ山を越えればオーレリークが見えてくるはずだ……」

「やっとなんですね……」

嬉しいはずの報告も、嬉しがる気力がなかった。実際に美しい港町を目にすれば気持ちも高揚するだろうが、その光景を思い浮かべる工程を脳が実行しない。こういうときだけは、いつでもどこでも暇つぶしができる現代テクノロジーが恋しくなる。

「ゲームがしたい……」

ホムラは呟く。

そんな虚無虚無《きよむきよむ》とした心に、「カチャリ」という微《かす》かな音が不思議と深く響いた。

「争いの音だ」

今まで静かに寝ていたジンが、刀に手を掛けている。ジンもやはり刺激に餓《う》えていたのか、ホムラには心なしか、ジンの口角が上がっているように見えた。

　ともあれ、色めき立ったのはジンだけでなく、気づけば全員が馬車から飛び出していた。過激で野蛮な刺激にありつけるという期待が、鈍りきった脳に容赦なく火を入れたのだ。走った。不謹慎だという自覚は持っていたが、足取りは無自覚に弾んでしまう。

　結果的に人助けとなるならば、今だけは己の不甲斐《ふがい》なさに目を瞑《つぶ》ろう。アレスたちが殊勝にもそう思う一方で、ホムラたちは欲望のままに武器を握りしめていた。

　思いは違えど、足を動かす原動力は同じ。木々に挟まれ、見通しの悪い街道をただひたすらに走る。


　……とここで、先頭を走っていたジンの足が止まった。

「どうやら、終わったようだ……」

　ジンは呟く。追いついた面々も、たった今倒れ伏した大型の魔獣と、手負いながらも満足げに勝ち鬨《かどき》を上げる四人の隊士たちを見て足を止めた。

　落胆。とはいえ、隊士たちが無事であることに安堵《あんど》したのも確かだ。さすがに犠牲者が出てもなお刺激に浸ろうとする者はいない。

　一同が複雑な心持ちで呆然《ぼうぜん》とする中、真っ先に足を動かしたのは、アレスだった。

「大丈夫ですか！」

アレスは傷を負った隊士に駆け寄り、その身を案じた。

「ああ、大丈夫だよ。いやあ、君たちにも俺たちの見事な戦いを見せたかったな」

隊士の前には、かなり大柄な熊が横たわっている。

「こいつは、『爪熊《つめぐま》』ですか?」

アレスはそう呼ぶ。巨躯《きよく》もさることながら、その名の通り、湾曲した巨大な爪が無数に生えた歪《いびつ》な手をしている恐ろしい魔獣だ。なぎ倒された木々を見れば、その強さが理解できる。

「そうさ。ここいらじゃ初めて見るが、俺たちの敵じゃなかったよ。ははっ、この実力なら銀盾《ぎんじゆん》徽章《きしよう》ももうすぐ手の中だな」

そう言って、部隊のリーダーらしき隊士は笑う。傷や汚れにまみれ、疲れ果てているが、その顔は誇らしげだ。

言葉から、彼らが銅盾《どうじゆん》隊士《たいし》であることが分かる。装備も凝ったものではなく、シンプルな甲冑《かつちゆう》と剣だ。

それに比べると、アレスは見習いの時点ですでに立派な拵《こしら》えの装備をしていた。同階級の隊士との扱いの差が、アレスが特別な地位にいることを裏付けている。

「任務も終えたし、帰るか。君たちもオーレリークへ向かうんだろう? 一緒に行こうじゃないか。俺たちの武勇伝を聞かせてあげよう」

「ぜひ聞かせてください、先輩！」

先輩隊士の活躍にアレスたちは目を輝かせている。一方で、この場で繰り広げられた戦い以上の殺し合いを経験したホムラたちにとっては、反応に困るものだった。

隊士たちは武器を納め、帰り支度を済ませようとする。ところが、興奮に酔いしれ忘れていた身体の痛みを思い出したようだ。傷口を押さえる者や、顔を歪《ゆが》めてうずくまる者もいた。

「いたた……。すまないが、治癒魔術が使える術師はいないか？」

よく見るとリーダーの左腕はだらりと垂れており、動かない。骨が折れているのかもしれない。

「残念ながらいねえな。ただ、金があったら突然現れるかもしれん」

サイコが隊士たちの怪我《けが》の状態を見ながらもアホなことを言うので、ホムラはとりあえず杖《つえ》で小突いた。

「こんなときに笑えない冗談言わないでくださいよ。ほら、さっさと治癒してあげてください」

「ったく、場を和ませてやろうっていうアタシなりの配慮だっつうの」

「ブフッ！　ブフッ！」

「ほら、変なこと言うから爪熊《つめぐま》さんも怒ってますよ。……って――」

荒い鼻息が聞こえた方を見ると、先ほどの爪熊《つめぐま》より一回り大きな個体が、街道脇の森から身を乗り出していた。

「さっきのより大きいのがいるうううううううう――ッ！」

「ガァアアアアアアアア――ッ！」

耳をつんざくような咆哮《ほうこう》。剝《む》き出しの敵意にホムラは腰が抜け、その場にへたり込んだ。

大きいというだけではない。生きている個体は、想像以上に熊からかけ離れた姿をしていた。

その前足は異様に長く、丸太のように太い。ただでさえ恐怖を感じさせるほどの巨躯であるのに、長い前足のせいで上体を起こしている姿勢となり、通常の熊では成しえないシルエットが不気味さを際立たせていた。

目は濁り虚《うつ》ろで、どこを向いているか分からないが、はっきりとこちらを獲物として見据えていると感じられる。大きく裂けた口の中には、爪に勝るとも劣らないような歪な牙が並び、獲物を嚙《か》み砕《くだ》く瞬間を静かに待っている。

「た、食べられるぅ……」

だらしなく開けられた口から流れる涎《よだれ》を見てしまい、ホムラは情けない声しか出せないでいた。

自分が『食料』として見られているという事実が、肌を粟立《あわだ》たせる。悪意を持った人間との対峙《たいじ》とは全く異質な恐怖。

「一回り大きいな。これの親か？」

各々が戦闘態勢に入る中、アレスは兜《かぶと》を被りながら、躊躇《ためら》いもなく爪熊《つめぐま》の正面へと歩を進める。

「俺たちですら四人でやっと倒せたんだぞ！　さっきの奴と大きさだって段違いだ！」

銅盾隊士《どうじゅんたいし》の男は、サイコに治癒されながらアレスを引き留めようとした。

「そうですよ、アレスさん！　一人じゃ無茶《むちゃ》です！」

杖を握り、ホムラは立ち上がろうとするも、足が言うことを聞かない。

引き留める声をよそに、アレスは振り返りもせずに嘯《うそぶ》いてみせる。

「一人で十分だ」

「でも……」

不安を募らせるホムラに、リアンは手を差し伸べた。

「安心してホムラ、あの程度ならアレス様一人で十分よ」

ホムラを立たせつつ、リアンは自慢げに語る。よく見ると、アレス隊の面々は武器を持っているものの、戦おうと勇んでいる者はいない。それほどアレスの実力を信用しているのだ。

それでもホムラは杖を握りしめたが、ジンはお手並み拝見とばかりに刀を納めた。

「死んだら死体を有効活用してやるから、安心して死んでいいぞ」

「何をするつもりか知らんが、そうはならん！」

アホに茶々を入れられながらもアレスは姿勢を正し、剣を顔先に掲げる。敬礼の一種のような、戦闘態勢とは思えないその構え。だがアレスにとっては、それこそが戦闘態勢であった。

「《蒼《あお》き雷《いかずち》よ――」

アレスは口ずさむ。その言葉は紛れもなく、魔術の詠唱だ。

「この身に宿りて鬨《とき》の声を上げよ！》」

その瞬間、アレスの纏《まと》う鎧《よろい》、手に持つ剣盾に蒼雷《そうらい》が音を立てて駆け巡った。幾千、幾万の小鳥の囀《さえず》りを束ねたような、ヂリヂリという耳障りな音が空気を裂く。

「グァアアアアアアアアアアアアア――ッ！」

対峙する人間の尋常ならざる様子を認め、爪熊《つめぐま》は威嚇の咆哮を上げた。

しかし、アレスは動じない。

爪熊《つめぐま》は本能的に相手の力量を察したのか、前触れもなく全力で駆けた。

巨躯と歪な体格からは考えられないほどの速さで、一瞬のうちにアレスとの距離を詰めていく。巨躯を揺らし、地鳴りを響かせ、鉄と雷に包まれたそれを圧倒的な力で仕留めんと疾駆する。

迫り来る巨熊《きょゆう》に、アレスは身体を少し捻《ひね》るようにして盾を構えた。

一人と一体の距離が詰まるのには、数秒も必要としなかった。獲物が間合いに入った爪《つめ》熊《ぐま》が、その剛腕を振りかぶり、勢いをそのままに振り下ろす。

風切り音すら聞こえる速さでアレスを抉《えぐ》らんとした爪は、だがその身に届くことはなかった。

剛爪が自身をまさに抉ろうとした瞬間に合わせ、アレスは構えていた盾を弾くように振り上げたのだ。その速さはまさに「神速」と呼べるもので、盾が纏っていた雷が蒼く尾を引いていた。

目にも留まらぬ速さで振られた盾は、爪熊《つめぐま》の剛腕を易々《やすやす》と跳ね返し、砕いた爪を辺りに撒《ま》き散らした。

だが爪熊《つめぐま》は、瞬時に反撃に出た。

跳ね返された右腕の反動を乗せ、左腕を大きく振り抜く。その大きく凶悪な爪が道端の木に掠《かす》ると、それだけで木は砕けた。

凶爪にまともに当たれば、即死は免れない。それでもアレスが臆することはない。

アレスは目にも留まらぬ速さで剣を振り、その手を斬り落とした。

爪熊《つめぐま》は、痛みと怒りで喉を激しく震わせる。攻撃が通用しないことに苛立《いらだ》ち、がむしゃらに腕を振り回すと、木々がまるで小枝のように折れた。

「片を付けようか」

呟《つぶや》いたアレスは、振り回される丸太のような腕を掻《か》い潜《くぐ》り、一瞬のうちに懐に潜り込む。

そのときにはすでに、アレスのロングソードの切っ先は爪熊《つめぐま》の分厚い皮膚を突き破っていた。

「《駆け抜けろ！》」

詠唱と同時に、アレスが纏う蒼雷《そうらい》が爪熊《つめぐま》の全身を駆け抜ける。

凄《すさ》まじい雷電は、巨大な魔獣をまるで壊れた玩具《おもちゃ》のように一度大きく痙攣《けいれん》させ、瞬く間に絶命させた。

筋肉が引き攣《つ》り硬直していた爪熊《つめぐま》は、思い出したかのように唐突によろめいて倒れ込んだ。地響きを立て、砂埃《すなぼこり》を巻き上げる爪熊《つめぐま》からは、煙と異臭が放たれている。

四人の隊士がかろうじて打ち倒せた爪熊《つめぐま》よりも強大な個体を、アレスはたった一人で討伐してみせたのだ。

「す、すごい……」

ホムラだけが口に出していたが、アレスの実力を初めて見た者は皆、驚きで声を出せないでいた。

「そうなの！　すごいのよ！　アレス様は！」

ホムラの称賛に反応し、すかさずリアンが並外れた興奮でもってまくし立てる。

「『期待されている』って意味、分かった？　本気を出せばもっとすごいのよ！」

「今ので本気じゃないんですね」

剣さえ届けば相手を感電死させる魔術。それだけでも十分驚異的な実力者の部類であるのに、本気を出せばさらに上を行くという。

「リアン、今のも結構本気だぞ」

「そう、結構本気なのよ。アレス様はあんな相手でも手を抜かないの」

「全肯定ですね……」

どこまで本気で受け取ればいいのか分からなくなるホムラ。

結構本気という言葉通り、アレスは肩で息をしている。身体的にもかなり負担のかかる魔術のようだ。

それでも隊士たちはぼんやりと呟いた。

「こんな後輩がいるようじゃ、銀盾《ぎんじゅん》徽章《きしょう》は夢のまた夢だな……」

「現実って、厳しいですね……」

圧倒的な実力を披露され、誰もがアレスの実力を認める。

だが勝利の余韻に浸っているところに、サイコの不敵な声が滑り込んできた。

「じゃあ、次はこっちの番だな」

「こっちの番？」

何を言っているのだろうか。ホムラはサイコに目を向けたが、余裕の笑みを浮かべているだけで何をするわけでもない。

ついに虚言もここまで来たかと憐《あわ》れむ。そんなホムラの頭上を、何か大きなものが通り過ぎた。

一瞬、自分の頭上に大きな影を落としたそれは、アレスが倒した爪熊《つめぐま》の隣に叩きつけられるように着地した。

まるで地震のような音と揺れ。その中心にいるものが何なのか。ホムラは考えずとも理解できたが、理解しがたいものだった。

「爪熊《つめぐま》……ですか？」

疑ってしまうほど、眼前の光景は信じられなかった。アレスが討伐した個体よりも、さらにもう一回り大きな個体。見れば頭部を潰されており、あまつさえそれが空中を舞っていたのだ。

そんなパワーを発揮するのは、うちの部隊で一人——いや、一体しかいない。

「いえーい！　本気出さずに勝っちゃったー！」

赤く染まった戦鎚《せんつい》を掲げ、上機嫌にプロトが死骸の隣に立つ。プロトは勝ち誇ったようにアレスにポーズを決め、ケラケラと笑ってみせた。

「実力は認めるが、本当に腹立たしいなお前らは……」

アレスは呆《あき》れている。

また溝が深まりそうだとホムラは直感したが、もう成り行きに任せるしかないと関係修復は諦めた。どうせアホがかき回す。

「銀盾《ぎんじゅん》徽章《きしょう》、夢のまた夢のまた夢だな……」

「現実って、痛いですね……」

隊士たちはぼんやりと呟いた。

戦っていた隊士たちを馬車に乗せ、ホムラたちは歩いてオーレリークへと向かった。

アレス曰《いわ》く、越えるべき山はあとひとつとのことだったが、山頂は案外すぐそこで、歩き疲れる前にオーレリークへ到着しそうだった。山頂が近づくにつれ、木々はまばらになっていき、視界が開けてくる。

先頭を行くアレスが山頂に至り、足を止めた。

「見えたぞ、あれがオーレリークだ」

ホムラは町並みを目にしようと、小走りになる。

「わぁ……」

山向こうの景色はまさしく絶景で、思わず息を呑《の》んでしまう。

見渡す限りの白い建物。清潔さと爽やかさを感じる白壁の建物は、青色の屋根で彩られており、ひとつの芸術品のように思えた。大小様々な風車が町の至る所にあり、ガルドルシアとは違う異国情緒が漂っている。そして町の向こうに見える海と空の青が、その美しさを際立たせていた。

町は緩やかな山の斜面に形成され、潮風がそれに沿って吹き上げられてきた。海の香りがホムラたちの髪を靡《なび》かせ、通り過ぎていく。

港町オーレリークは、ガルドルシアほどではないが強固な城壁に囲まれている。

この町は山から延びる二つの尾根に挟まれる土地に位置しており、城壁は尾根から尾根へと橋渡しするように築かれている。また、城壁は尾根伝いにも築かれており、こちらはそれほど高くはない。見張りのための歩廊《ほろう》があるくらいのようだ。空から見れば、尾根と城壁がちょうどアルファベットの『A』のような形になっている。

「綺麗《きれい》ですねー」

「だな……」

美しさに見とれたホムラがほとんど独り言のようにこぼした言葉に、サイコが肯定の言葉を発した。

サイコはそういう感性を持ち合わせていないだろうと勝手に思っていたホムラは、予想外の肯定に面食らう。

「ねえ、リアンさん。人間に成りすますタイプの魔物っています？」

「うーん、聞いたことないわね……。いるかもしれないけど」

思わずそういう類の魔物の存在を確認してしまったが、どうやらいそうにない。では目の前にいるサイコの見た目をしたこれは何なのだろうか。

「アタシを何だと思ってんだ！　こういう景色を綺麗と思うような感性くらい持ち合わせ

とるわ、ボケ！」

目を吊《つ》り上げ怒りを露《あら》わにする。この短気さは本物のサイコだ。安心した。

「馬鹿なこと言ってないで、さっさと支部に行くぞ」

呆れた声。アレスは返事を待たずに歩き始め、皆がそれに続く。

城門には別経路を使って交易している隊商が多く出入りしており、それを見るだけでいかにこの町が活気づいているかが分かる。

美しさと活気を両立していることに感心していると、思わぬものが目についた。

「あれって……」

「どうやらこちらにも出没していたようだな」

この町にごく近い場所でも爪熊《つめぐま》が出たらしく、城門の脇にその死骸が放置されている。

その死骸はプロトが屠《ほふ》った個体と同じくらいの大きさで、なんと頭から真っ二つに両断されていた。

かなりの実力者によって一刀のもとに割られた魔獣を横目に、一行は門をくぐった。


オーレリークの町並みは、美しいだけではない素晴らしさがあった。

南海からの豊かな食材が輸入されているからか、食文化が発展しているようで、通りすがった小さな広場では様々な屋台が見受けられた。肉に魚に果物も。その近くを通り過ぎる度に、食欲を掻《か》き立てる匂いが鼻孔をくすぐる。ホムラたちは、後で屋台を回ろうと話し合った。

二つ目の広場を越えた辺りで、立ち並ぶ家屋と同じく綺麗な駐屯所が現れた。塀に囲まれた駐屯所には庭があり、そこでは待機中の衛盾隊士《えいじゅんたいし》が軽く身体を動かしていた。準備運動をしている者もいれば、手合わせをしている者もいる。

加えて、爪熊《つめぐま》と戦った隊士の装備なのだろう、黒い甲冑《かっちゅう》と重厚な大剣が数人の隊士の手により洗われており、血のにおいが微かに漂っていた。

その様子を眺めていると、こちらに気づいた男が手を振ってくる。

無精ひげのある、飄々《ひょうひょう》とした印象を受ける男だ。年は四十前後だろうか。よれよれのシャツの胸には、金盾徽章《きんじゅんきしょう》が輝いている。

「トーレクさん、待ちに待った助っ人《すけと》ですよ」

道中をともにした隊士が手を振り返した。

トーレク。グルドフの紹介にもあった、オーレリーク支部長だ。頼れる男と聞いていたが、現時点では頼れそうな印象はない。身体が細いわけではないのだが……。

「おお、やっぱり君たちが派遣されてきた助っ人か」

ほかの隊員も手を止め、にこやかに出迎えてくる。

「トーレク殿でありますね。この度は――」

「いやいや、そんな堅苦しい挨拶いらんよ。気楽に行こうや。おじさんそういうの苦手だし」

「は、はあ……」

上下関係を重んじる性格なのか、トーレクのフランクな接し方にアレスは落ち着かないようだ。

「まあ、中に入って話そうや。あ、お菓子とか出そうか？」

「いえ、お気持ちだけで結構です」

それでもアレスは堅苦しい態度を解こうとはしない。

軽く自己紹介をしつつ、ホムラたちはオーレリーク支部の執務室へ通された。

執務室には、執務机や本棚のほかにローテーブルとソファが置かれている。九人全員が座れる余裕はないため、ホムラたち五人だけがソファに座った。ついでに出されたお菓子を食べ、くつろいでいる。アレスが一度、ちらりと睨《にら》みつけてきたのは言うまでもない。

「早速本題だけど、長らく平和だった海の方にも魔物が出るようになったのよ、怖いねえ。

んで、念のために人手を増やそうってなったわけ。任務の詳しい話は……と言いたいところだけど、それは後回し。その前にやってほしいことがあるんだよね」

トーレクはへらへらとしている。どうにも威厳がない。

「な……、それはどういうことですか。任務より優先すべきことがあると？」

正義感の強いアレスは、トーレクの言葉を訝《いぶか》しんだ。

「まあまあ、そうイライラしなさんな。これから話すことは、任務をこなすうえで重要なことだよ」

「……失礼しました」

無意識に言葉に棘《とげ》を出してしまっていたことに気づき、アレスは謝罪する。

「町と人を守るためには何が必要だと思う？」

「実力、ですか？」

「それも必要だけどね、もっと必要なものがあるんだよ。それは……」

「それは……？」

トーレクはもったいぶって間を置いた。

「愛着だよ」

「愛着？」

もったいぶられてまで得た答えに、アレスは困惑する。ホムラたちも出されたクッキーをサクサク食べながら、それが意味するところを考えた。

「この町を、人々を守りたい。そう思える気持ちが『強さ』に繋がるんだよ。つまり、まずはこの町を楽しんできなさいってこと。任務の説明はそのあとでね」

なるほど、それは重要だ。そう思うとともに、ホムラたちは目だけで屋台巡りをしようという思いを伝え合った。そしてすぐさま、屋台巡りのことしか考えなくなった。あとクッキー美味《おい》しい。

「そういうことでしたか。了解しました！」

アレスは胸に拳を当て、堅苦しく答えた。

「いやだから、もっと力抜いていいのよ」

持つ者としての視座の高さに感服し、目を輝かせるアレスに、トーレクは苦笑いを浮かべた。

「ああ、そうそう。中央広場にはあんまり近づいちゃダメだからね」

お気楽な表情のままではあるが、お気楽さのない声色に空気が微かに張り詰めた。トーレクは「しまった」と言いたげな顔を一瞬だけ見せ、今まで通りのへらへらとした口ぶりに戻る。

「まあなんだ、物騒なことやってることがあるから」

「いったい何を……？」

「おじさんの口からは言いたくないなあ。まず町のこと好きになってから、おいおいね」

苦さの滲み出る顔でそう言われると、こちらからは追及できない。

また面倒事に巻き込まれそうだと、ホムラは気持ちが沈む。その警戒心が、ひとつの疑問となって頭に浮かんだ。

「あの、『物騒』で思い出したんですけど、トーレクさんって物騒な二つ名とかあったりしない……ですよね？」

質問の真意を摑むまでの一瞬、トーレクはきょとんとしていた。

グルドフの評価を信用していないわけではないが、それでも確認しなければ気が済まない。

「あー、もしかして君たちか、ルートルードと戦ったっていう新人殲剣隊士《せんけんたいし》は。大丈夫大丈夫。おじさん、物騒な二つ名どころか二つ名自体ないから、戦い方が普通すぎて。あ、『ヘタレ』とか『媚《こび》売り野郎』とか陰で言われてるよ」

「それはそれでどうなんですか！」

本当に頼れる男なのだろうか。別方向に不安になってきた。

「ってわけで話を戻すけど、散策に行ってらっしゃい！　おじさんは今から領主様とお酒を飲む予定があるからね！」

「本当に『媚売り野郎』じゃないですか！」

ホムラのツッコミを背中に受けながら、トーレクはへらへらと笑いながら楽しげな足取りで部屋を出ていった。

「大丈夫なんですか、あの人……」

だが辟易《へきえき》するホムラよりも、胸のわだかまりに苦しむ男がいた。

「俺のこのやり場のない気持ちはどうすればいい？」

遠い目をしたアレスが、ぼんやりと呟《つぶや》いた。

「ゴミ箱にでも大切にしまっておけ」

適当に答えるサイコを先頭に、ホムラたちも部屋をあとにした。

三章　『制裁と群衆』

The Devil's Army, Decimated
By My Flame the World Bows Down

ホムラたちは駐屯所のすぐ隣にある宿舎に一日装備を置き、早速屋台巡りを開始した。アレスたちは真面目に町の視察をするようで、交易船襲撃事件のことを聞くために港に行ってみるという。

屋台は主に広場で開かれている。広場は町の至る所に作られており、そこはフードコートのような機能を備えているところもあるようで、休憩所と飲食店を足したような場所だ。食欲をそそる匂いが辺りに漂っている。

「ツツミちゃん、何が食べたい？」

「お肉ッ！」

マスク越しでも、嬉しそうな顔をしているのが分かる。

「おおう、お肉のときだけ本当に元気が良いね……」

ツツミは肉食動物かと思えるくらい、よく肉を食べる。任務が終われば、必ずと言っていいほど肉を食べるのだ。高い再生能力の維持に多量のタンパク質が必要とのことだが、それ以前にただのお肉好きのような気がする。

公衆の面前ではマスクを外せないため、ツツミは紙で包まれた大量の肉串をウキウキしつつも大事に抱えている。まるでおあずけ状態の子犬のようだ。可愛《かわい》い。

「私は何にしようかな」

交易が盛んな港町なだけあって、様々な食べ物が並んでいる。

「じゃあ、これください」

薄いピザのような生地で、魚のフライや野菜を巻いた料理を指さす。

「あいよ！　お、姉ちゃん殲剣隊士《せんけんたいし》なのか、仕事頑張ってくれよ！」

「ええ、まあ……はは……」

店主は元気に返事をし、料理を紙で包んで渡してきた。粗野な者が多く、あまりいい目では見られない殲剣隊《せんけんたい》にホムラは名を連ねているので、素直に応援されるのには慣れていない。思わず曖昧な返事と笑顔が出てしまう。

ちなみに、徽章《きしょう》を見せて小切手にサインすれば、かなりのものを軍部が代わりに支払ってくれる。そういうわけで隊士は気軽に買い物ができ、また店側も気軽に買ってくれる隊士を上客として歓迎することが多い。殲剣隊士《せんけんたいし》といえども機嫌よく相手をしてくれるのはこのためだ。

「姉ちゃんにも、事件以前の活気を見せたかったなあ。まあでも、今は今で楽しい娯楽が……あ、いや、隊士さんに言う話じゃなかったな！　忘れてくれ、はは！」

「娯楽……？」

どういう意味なのか尋ねたかったが、次の客の対応をし始めたので疑問はしまいこむことになった。

それにしても……。ホムラは、ちらりと店主に目を向けた。町を巡って気づいたが、オーレリークではガルドルシアと違い、浅黒い肌の者をよく見かける。

町の南にある美しい紺碧《こんぺき》の海、「シェルス海」に浮かぶ島々は、「シェルス海連合国」と呼ばれる群島国家を形成している。町中でよく見かける浅黒い肌の者の多くは、そこを出身としているらしい。

「欲しいもの買いましたし、そろそろどこかで休みますか」

周りに人がおらず、落ち着いて食事ができる場所が望ましい。宿舎でもいいが、せっかく景色のいい港町に来たのだから、海を眺めて食事がしたい。

「んじゃあ、浜辺に行くか。事件のせいで、一般人は接近禁止らしいぞ」

サイコからの有力情報。早速向かう。

町の南は海に臨んでおり、その海岸沿いは西に港、東に浜辺が位置している。町の西部は港を中心に賑《にぎ》やかな地区で、東側は浜辺や住宅地、公園などで落ち着いた地区だ。

歩みを進めるにつれ、町は黙っていく。喧騒《けんそう》より潮騒《しおさい》が耳に届くようになってしばらく、白壁の連なりは途切れ、一気に視界が開けた。

眼前に広がるのは、一面の砂浜だった。

誰一人として砂を踏むものはおらず、まるで砂色の絵の具で塗り潰したかのような無垢《むく》な砂地。打ち寄せる透き通った波は、白い飛沫《しぶき》を上げながら潮騒を奏でている。

「綺麗《きれい》ですねえ」

綺麗すぎて、恥ずかしくも趣のない感想が心に浮かんでしまっていた。まるで出来の悪いCGみたいだ、と。あまりに鮮明な光景は、作り物のように隅から隅まで設計されているように見えたのだ。

「こんな間近で海を見るの、久しぶりだなあ……」

海とは『テレビで見るもの』であったホムラからすると、海を直接目にするだけでも感じ入るものがある。それがCGと見紛《みまが》うほどの美しい海となれば、呆然《ぼうぜん》と眺め続けてしまうのは無理もなかった。

「水着があれば泳ぎたいのに」

人生で一度は海で泳いでみたい。

「どっかで売ってんじゃねえの？　ってても、アタシらが思ってるような水着じゃねえだろうけどな」

隣で海を眺めていたサイコが、興味なさそうに言う。

「一度でいいんで、可愛い水着着たいんですよね」

「スク水でも着てろ」

「異世界にあるわけないじゃないですか！」

「あるわけねえだろ！」

スク水は勘弁だが、異世界の水着文化に期待したい。きっと可愛い水着はあるはず。


ホムラたちは、浜辺の端にある東屋《あずまや》で買い漁《あさ》った食べ物を堪能していた。美味しい料理に、美しい景色。それらを噛《か》みしめるように、自然と言葉が少なくなってしまう。……と表現すれば聞こえはいいが、どちらかというと「美味しい料理」の比重が大きい。それだけ現代人が満足するような濃い味付けだったのだ。

サクサクの衣に包まれた魚のフライが、みずみずしい野菜とともにスパイスの効いた旨味たっぷりのソースと絡む。塩味と旨味に身体が喜んでいる。

ホムラが味覚を楽しんでいる傍ら、ツツミの腹が鳴った。大量にあった肉串はすでにツツミの腹の中に消えていったというのに、それでも物足りないと主張している。

「ツツミちゃん、はい、あーん」

ホムラは、物足りなそうなツツミに自分の分を一口あげようとした。

「あーん！」

「うん、まさか残り全部持っていかれるとはね。でも欲に正直でえらい！　よしよし」

「えへへ……」

ホムラは、遠慮のないツツミの頭を撫《な》でた。

各々が好きなように食を楽しんでいるが、食事を必要としないプロトだけは、有機生命体の非効率なエネルギー摂取方法を小馬鹿にしながら、日の光を浴びていた。効率がいいのか、プロトは胸部を開いて本体コアを露出し、そのために胸元をはだけさせている。

ホムラは、そのあられもない姿を見逃さない。

プロトの外見は作り物ではあるが、それはそれ。見た目が好みな少女が胸元をはだけているという事実が、ホムラの狡猾《こうかつ》さを加速させる。仲間に気づかれぬようにちらちらと目だけを向けていた。

「いや、普通にバレてるからね？」

ちなみに本人だけでなく、全員にバレていた。鋭い視線が刺さる。

「そんな、偽装は完璧だったはずなのに……」

ホムラは完全犯罪が見破られたことに絶望し、サイコは刑の量定を始める。

「とりあえず、砂に埋めるか海に流すか決めるか。……あ、お前泳ぎたかったんだよな？」

「普通に泳ぎたいんです！」

できれば可愛い水着で。

最終判決が下ろうとしたとき、ジンがふと食事の手を止めた。

「しかし、米が恋しいな……」

心底寂しそうに、ジンが呟く。

「お米はあるにはありますけど、なんか違いますよね」

異世界に来てからというもの、日本で食べていたような米がないことに、ずっともどかしく感じていた。

「日本人の血が米を求めておる……」

米が恋しすぎてジンが変なことを言い始めた頃、聞き覚えのある声が潮騒に混じった。

「お前たちもここに来たのか」

別行動していたアレスたちだ。

アレスたち四人は隣のテーブルに座り、歩き回った疲れを癒やす。

「…………いや鎧《よろい》のお前、身体が縮んでないかッ？」

甲冑《かっちゅう》を脱いだプロトを見るのが初めてのアレスたちは、一呼吸置いてから驚愕《きょうがく》した。

プロトが人間ではないと理解したとしても、実際にどのような存在なのかは理解していないので仕方がない。コアから伸びるワイヤー状の触腕を甲冑の内部に張り巡らせ、外骨格生物のように動いているとは夢にも思わないだろう。

「こっちが本当の姿だよ。……って、本当の姿はこっちだった」

そう言って露出しているコアを見せる。

「もうやめてくれ……。俺たちの常識を壊すのはやめてくれ……」

アレスは天を仰ぐ。そこには東屋の天井があった。

心の健康を損なわない、あるいは損なわせないために、しばらく互いに干渉することなく浜辺でのひと時を過ごす。

落ち着きを取り戻したアレスは、最後に一度深呼吸をしてホムラたちに尋ねた。

「それで、お前たちから見て町はどうだった？」

「すごくいいところですね。町も綺麗で、活気があって。……昔の方が活気はあったらしいですけど」

十分なくらい町を楽しめ、好きになれた。トーレクの言う「愛着」が、今確かに胸の中にある。

「そうか。こちらはもっと暗鬱《あんうつ》としていたな」

「港に行ってきたんでしたっけ？」

「ああ。交易船が沈められたことで交易のほとんどは規制されている。特に海を跨《また》ぐ商人たちが痛手を受けている。悪い雰囲気はそのうち町全体に伝播《でんぱ》するぞ。そうなる前に、早く事件を解決する必要がある」

決意を胸に、アレスは力強く拳を握った。

ホムラは遠くの港を見やる。町の西端には、巨大な鉱石を掲げた灯台と大きな出島がある。大型船のための出島らしいが、その広さのわりには、大型の帆船が一隻泊まっているだけだった。

「それだけじゃない。緘口令《かんこうれい》が敷かれているはずだが、魔王再来の噂《うわさ》が流れ始めている。これはまずいぞ。魔王が現れれば、人間と魔物との戦いが激化するだけじゃない。その不安から人心が乱れ、世はさらに乱れる。平時には起きなかったことが起きてもおかしくはない」

遠くの海を見つめ、アレスが憂いをこぼした。

この世界に来てまだ日が浅いホムラたちも、その話を幾度となく聞いた。魔物だけでなく、盗賊のような輩《やから》が跋扈《ばっこ》しているのは、不安が後押ししているからだと。

そのように世界に混乱を巻き起こす魔王とは……。

「あの、魔王ってどんな人なんですか？」

「そんなことも知らないのか。それと、あれを『人』と呼ぶな」

呆《あき》れ果《は》てている様子が、声と目からよく分かる。

そんな目で見られても、突然異世界に連れてこられたので、目の前のことを処理するので手一杯だったから仕方がない。……というのももちろんあったが、こちらでの生活が楽しくて魔王のことなど忘却の彼方《かなた》にあった、というのも原因の一端としてある。というか大部分を占めている。

「アタシらは何も知らない田舎娘って設定だからな」

「『設定』……？　いや、お前らの言葉をいちいち真に受けていたら心の健康に関わるから突っ込まんぞ」

アレスは、ホムラたちとの接し方が分かってきていた。

「人間と魔物との戦いは遥か昔から続いているが、結束力のある人間が常に優位だった。だが百年前、魔物を統率して攻勢に出たのが魔王だ。魔王軍は我らの領地を次々と奪っていき、おまけに拠点作製魔術に長《た》けた魔族もいた。奪われた都市の中には要塞と化し、未だ取り戻せていない場所もある」

「でも魔王は倒されたんですよね？」

「いや、迎撃できただけで、その後のことは分からないんだ。百年前の大戦が『終結した』と言われているのは、魔王の存在が確認されなくなり、奴《やつ》らが積極的な攻勢に出なくなったからにすぎない。魔王が再来すれば、当然生き残っている配下も動き出す。新たに奴の配下に加わる魔物もいるだろう。魔王とはそういう存在なんだ」

魔王とは、ただ強いだけではない。平穏の終焉《しゅうえん》を象徴する存在なのだろう。

「だからこそ俺は護国聖盾将《ごこくせいじゅんしょう》を目指し、世界の平和を脅《おびや》かす魔王を討とうとしているんだ」

アレスの意志は堅く、途方もなく遠い目的地に向け、ひたすらに突き進もうとしている。

「ま、魔王を倒すのはアタシらだけどな」

「いいや、アレス様よ！」

「うわー出たー、アレス信者」

軽く言ってのけるサイコに、リアンは噛みついた。

「一応私たちだって、魔王を倒してくれってお願いされたんですけどね、女神様に」

ホムラがおずおずと言う。むしろ、そのために異世界に招かれたのだ。

「落ち着け、リアン。魔王を倒せるのなら誰だっていい。俺たちが目指すのは世界平和だ」

「そうなの、誰だっていいの。魔王討伐を許可するわ」

「なんでお前の許可がいるんだよ」

リアンは相変わらず、意見がアレスの言葉に左右される。

「にしても、お前たちはふざけているようで志は高いな。本当にどうしようもない連中だが」

一捻《ひとひね》りあったが、アレスはホムラたちの目標を笑いもせず、単なる戯言《たわごと》だと切り捨てもしない。己の使命に真摯《しんし》に向き合っているからこそ、その評価だけは揺るぎないようだ。

「勘違いするなよ。アタシらはどうしようもねえから、志が高《たけ》えんだ」

「なんの弁解なんですか、サイコさん……。否定できませんけど、まったく」

そう、自分たちがおかしいだけなのだ。

「それでも、だ。まあ、百年前の魔王と噂の『魔王』は別物かもしれんがな。お前たちの報告によれば、『魔王の呪血』とやらで仲間を増やしていたんだろ？」

「仲間……としてなのかは分かりませんけどね。ルートルードさんは、特に指示を受けてるような感じじゃなかったので」

「なんにせよ、百年前の魔王がそういう手を使っていたとは聞いたことがない。おそらく、後継者が現れたのだろうな。それに、わざわざ『魔王』と名乗っているんだ。相当な自信があるんだろう。護国聖盾《ごこくせいじゅん》将《しょう》に命を狙われても、返り討ちにできる実力があると思っていい」

同じような考察を、ホムラたちは報告時に教主ファルメアから聞いていた。二人が同じ結論に至ったということが、それだけ魔王が警戒されていることを示している。

ホムラは、ガルドルシアの城壁の上から見た割れた大地を思い出した。魔王が残した戦いの跡だ。魔王と戦うことがどういうことなのか、改めて考えさせられる。

……と、倒すべき相手に思いを巡らせていると突然、町の中心の方から歓声が聞こえてきた。

「ん？　なんかイベントでもやってんのか？」

催し物が開催されているのか、少なくない人数の声だ。それを聞いて、アレスの顔が険しくなる。

「おそらくトーレク殿が言っていた『中央広場』だな」

「そうなのか？」

「それについても耳にしている。まあ、見ない方がいい」

物騒なことやってる。トーレクはそう言っていた。

「ってことは、見るべきっつうことだな！」

「話の繋《つな》がりがおかしいぞ、こいつ！」

律儀にツッコミを入れるアレスに、ホムラは同情する。

「……とはいえ、お前とは動機が違うだろうが、悔しいことに同意見だ。見るべきでないからこそ、俺は見るべきだと思っている。俺たちは守るものの本質を知らねばならない。あれこそ、この町の歪みだ」


中央広場には、大勢の市民や商人が集まり、楽しげに野次《やじ》を飛ばしていた。

円形の広場は石畳で舗装され、かなり広い。奥には立派な館が建っており、それは領主の住む館らしい。オーレリークの一般的な家屋はかなりシンプルな外観をしているが、領主の館だけは細部の造形に意匠が凝らされている。

広場の館寄りの場所には、まるでステージのような木組みの台が設《しつら》えられており、観衆の視線はそこに集まっていた。

「刮目《かつもく》せよ、愚民どもーッ！」

甲高い声が響く。

台上には浅黒い肌の、派手な恰好《かっこう》をした少女が立っていた。年は十四、五ほどで、すらりとした体つき。しかし細身とはいえど、か弱いわけではなさそうだ。晒《さら》されている肌には、うっすらと筋肉が浮いていた。なにより、武器としての機能がある籠手《こて》を身に着けている。

そして目立ちたがりなのか、熱に浮かされた視線を一身に受けて恍惚《こうこつ》とした、しかし嗜《し》虐《ぎゃく》心に満ちた表情をしている。

「今から、このゴミクズの針拳《はりけん》制裁を始めるわよ！」

少女の傍らには、サンドバッグのように懸架台《けんかだい》に吊《つ》るされた男が。上半身には何も身に着けておらず、その痩せ細った身体を晒している。男は布の猿轡《さるぐつわ》を噛まされ、不明瞭な言葉で喚《わめ》いていた。

「あれが現領主の娘、エリーリヤだ。一年ほど前に領主が代わって以来、この町で好き勝手やっているらしい」

アレスは少女を睨みつける。その視線には、ここで今から行われることに対する義憤が込められていた。

「えーっと、罪状は『窃盗』で、盗んだものはパン三つね。何か申し開きはある？」

エリーリヤは、罪人の猿轡《さるぐつわ》を乱暴に剝《は》ぎ取った。

「お前のせいでッ！　お前のせいで町はおかしくなったんだッ！　お前が教会からの施しを禁止したから俺たちは――ッ！」

口が解放された途端、罪人は雪崩《なだ》れるように恨み言を吐き出す。

「みんな聞いたー？　こいつ、罪の意識がないみたい！」

そいつを許すなと観衆が沸き立ち、空気がびりびりと揺れた。

「――だから、わからせてあげないとね？」

口角が吊《つ》り上がり、エリーリヤは歯を剝《む》き出しにする。

「針拳《はりけん》制裁、三発いくわよ！」

彼女が「針拳《はりけん》」と呼ぶ、拳に三本の鋭利な突起が付いた籠手が振りかぶられる。

「やめ、やめてくれ――ッ！」

恐怖に震える声で必死に懇願するが、それでも彼女は止まらない。

「にひッ！　いいわね、その目！　ゾクゾクしちゃう！」

身体に力を込め、晒された四肢に筋肉が浮かぶ。

「せーのッ！　いっ、ぱあああああああっ――ッ！」

エリーリヤは、男の腹に抉り込むように拳を打ちつける。激しく殴打された男の身体は大きく跳ねた。だが胴を貫通する針に縫い付けられ、身体をくの字に曲げたままエリーリヤの拳にもたれかかる。

「ぐ、あぁあああああああああああ――――ッ！」

男は痛みに耐えきれず、喚き叫んだ。

エリーリヤが勢いよく針を引き抜くと、三つの穴から血が噴き出た。男を穿《うが》っていた細針は赤色に染まり、ぽたりぽたりと血を滴らせている。

「いいわ、いいわよ！　恐怖に歪《ゆが》んだ目！　絞り出された悲鳴！　もっとエリーリヤを恐れて！　もっとエリーリヤを気持ちよくさせて！」

罪人の恐怖に恍惚とするエリーリヤの声は、興奮した観衆の野次にも負けずに響いてくる。

ホムラたちは、群衆から一歩引いた位置で制裁ショーを眺めている。異常、異様というほかない光景。制裁にも野次にも、吐き気がするほどの嫌悪感を抱いてしまう。特にジンは、鋭い視線に殺意を込めていた。

「確かに罪は罪ですけど、パンを盗んだだけでここまでするんですか。それに、この盛り上がり……」

「不安がそうさせているんだろう。元々はここまで盛り上がってはいなかったようだ。それが最近の不穏な情勢が後押しをして、大衆の娯楽にまで成り上がったらしい」

口汚く野次を飛ばす群衆は、身なりのいい者も悪い者も関係なく入り交じっている。町民全員がこの光景を受け入れているわけではないだろうが、それでも大勢が楽しんでいるのは背筋が凍るような思いだった。

「アタシらの世界だってこんなもんだったろ。昔なら処刑は娯楽だったし、今でも似たようなもんだ」

「さすがにここまでじゃないですよ……」

「どうだかな。上の奴らの足を引っ張り、下の奴らの頭を踏みつける。昔から広く愛されてる娯楽だ。そこらへんに転がってる光景だぞ」

「た、確かにそうですけど……」

サイコの言う通り、誰かを痛めつけるのは世界や時代を超えての娯楽なのだろう。叩ける理由があれば叩くし、叩ける理由がなければ作り出す。優れた者の揚げ足を取り、劣る者の醜態を嘲笑《あざわら》う。

「それに、アタシらだって似たようなもんだろ？　クズを焼くのは楽しいもんな？　アタシらが『世直し』っつー名前の『正義』に寄りかかってるから罰が飛んできてねえだけだってこと、忘れんなよ？」

図星を突かれ、ホムラは心臓が飛び跳ねた。

「それでもこれは、罪と罰が釣り合ってないですよ……。それに、教会からの施しを禁止して、こうなるように追い詰めたのはあの子なんですよね？　やっぱり悪いのは、あの子なんじゃ……」

「事実そうだったとして、そう解釈できるのは理性があるからだろ。理性なんざ、簡単に薄れるぞ」

アレスの話によると、制裁ショーは日に日に盛り上がっているらしい。それは見る側の心が変わってきているからだろう。過度で理不尽な罰に正当性を見出《みいだ》すような、そんな心に。

「情けないが、俺も認めざるを得ん。不安や退屈は容易に人を堕落させる。先ほども、一瞬でも己の欲のために戦いを求めてしまった。これは人間が一生背負う業《ごう》だ」

隊士として志の高いアレスですら、その事実に苦い顔をする。

しかし、それも束《つか》の間《ま》。アレスの目に力強い光が灯《とも》った。

「だからこそ、我々一人ひとりが強い心を持たねばならないんだ。特に、力を持つ者はな」

「アレスさん……」

ホムラは、アレスの言葉に胸を打たれた。自分たちが正義だとは思っていないが、だからといって線引きもなくやりたい放題やっているわけではない。理不尽をぶつけるのは、理不尽にだけだ。とはいえ、定めた一線は曖昧で揺れやすい。気づけば自分も、目の前の群衆の中にいるかもしれない。

　だからこそ、とアレスは言った。だからこそ、一線を揺るがさない強い心を持たなければならないのだ。それがどれだけ難しいことなのか、分からないわけではない。だが、そうしなければならない。

「いいこと言いましたね、アレス様！」

「うぉ、びっくりした！」

　喧《やかま》しい野次を突き抜けてくるほどの称賛。

　しかしそれも、すぐに野次に呑《の》まれた。

「ほら、気を失わないでよ！　に、はああああああああああっ――ッ！」

　エリーリヤが二発目の殴打を繰り出した。男の悲鳴が響き渡り、細い血飛沫《ちしぶき》が舞う。

「アンタはどうしようもないくらい汚《けが》れた罪人だけどッ！　血の色だけはどうしようもないくらい綺麗《きれい》ねェ！　にひひィッ！」

　人を痛めつけ、歪んだ笑みを顔に張り付けている。罰を与えることが目的ではないことが、その表情からよく分かる。

「だがここはガルドルシアに属する都市ではない。むやみに民を傷つけたり、平和を脅かしたりする行為でないのならば、ガルドルシアから派遣され、防衛を任されているだけの俺たちは動けない。止める権利がないんだ」

「罰が過剰であってもですか……？」

「奥を見てみろ」

ホムラは、アレスに促されるまま台の向こう側を見た。

今まで群衆でよく見えなかったが、そこには神官の女性が佇《たたず》んでいた。

「これがこの町でも問題になっていないのは、一応『制裁』の範囲に留まる形で罪人に罰を与えているからだろうな。相手が罪人なうえに、傷はすぐに癒やしてもらえる。そういう体裁が整えられているからこそ、問題視する声も上がりづらい」

相手は思ったより狡猾《こうかつ》らしい。

「だから俺たちがやれることは、いち早く実力をつけ、魔王を倒して平和を取り戻すことなんだ。民衆の不安を消さなければ、結局は同じことが起きる。この悪趣味な見世物を止めたところで、根本的な解決にはなり得ないからな」

アレスの決意が強まるのと同時に、吊るされた男に三発目が入る。

「二度と殴れなくなるから死なないでよね！　さんっ、ぱあああああああっ――――ッ！」

三発目が入るなり罪人は気絶し、声を上げることすらなかった。

どうあれ、これで制裁は終わり。悪趣味なショーはお開きになり、広場は静まるはず。

ところが、そうはならなかった。二発目までと違い、針が引き抜かれた腹からは血が勢いよく噴き出たのだ。明らかに勢いのおかしい出血。おそらく魔法的な作用によるものだろう。

「これで制裁は終わりよ。感謝しなさい、アナタの罪は清算されたわ」

ホムラたちの鼻にまで血のにおいが漂ってきた。同じく血のにおいを嗅いだからか、熱狂的な野次も最高潮に達する。

身体の芯にまで響く、醜悪な声圧。

しかし、それは一瞬にして消え去った。冷静さを取り戻したのではない。――また別の恐怖が目の前に現れたからだ。

「ミィちゃん、ご飯の時間よ」

エリーリヤの言葉に応えるように、台上に一体の魔物が現れたのだ。何もない所――正確には、エリーリヤの影からぬるりと這《は》い出てきた。

「なに、あれ……？」

ホムラは、その不気味な姿に青ざめる。

「魔術院の本で見たことがあるわ。あれは『血舐《な》め猫』ね。かなり危険な部類の魔獣よ」

リアンが補足する。

血舐め猫は大型のネコ科ほどの大きさで、痩せ細った体躯《たいく》をしている。目も毛もない醜悪な姿をしており、その青白い肌はヒルのようにてらてらと湿っぽい。

その異形の獣を刺激しないように、今の今まで騒ぎ立てていた観衆は息を殺したのだ。

「あんな魔獣を領主の娘が飼ってるだなんて、どうなってるのよ、この町は……。普通、あんなの人間に懐かないわよ。まったく、どうやって躾《しつ》けたのかしら。もっとも、あの武器を見れば何したのかは想像できるけどね」

血舐め猫は裂けた口から長い舌を伸ばした。その細く長い舌は、撒き散らされた血液を舐め取っていく。その舌の様子は、地面をのたうち回るミミズのようだった。

悍《おぞ》ましい異形の魔獣は、いったいどこが「猫」なのか分からない。地球外生命体《エイリアン》と言われても信じてしまいそうだ。

「ああ。あれだけ異形の目立つ魔獣は、それだけ逸脱した能力を持っている。一度暴れれば、止めるのに骨が折れるぞ」

爪熊《つめぐま》を一人で相手取ったアレスですら、血舐め猫の恐ろしさに懸念を抱いている。戦う力のないただの市民なら、なおさらだ。

静寂に包まれた広場に、エリーリヤの声が通る。

「……ねえ、なんで黙ったの？」

感情の欠如した声に、底抜けに暗い目。だが裏腹に、眼前の愚民が自分を見ていないことに憤っていることが伝わってくる。

「エ、エリーリヤ……エリーリヤ、エリーリヤ！」

観衆の中の一人が、衝《つ》き動かされるようにその名を呼ぶ。するとその連呼は伝播《でんぱ》していき、ついには大合唱となって広場を震わせた。

「エリーリヤッ！　エリーリヤッ！　エリーリヤッ！　エリーリヤッ！

エリーリヤッ！　エリーリヤッ！　エリーリヤッ！　エリーリヤッ！

エリーリヤッ！　エリーリヤッ！　エリーリヤッ！　エリーリヤッ！

エリーリヤ――」

目を剝《む》き、唾を飛ばしながら叫ぶ。

褒《ほ》め称《たた》えているわけではない。尊敬の念を表しているのでもない。目の前の少女に恐怖し、自分がその餌食にならないように命乞いしているのだ。異形の魔獣すら霞《かす》むほど、残虐な少女に恐怖している。

「にひひッ！　さ、帰るわよ、ミィちゃん」

エリーリヤはその声を満足するまで浴び、翻って館へと帰っていく。血舐め猫は少女を追いかけ、すり寄るようにしてついていった。

少女の姿が見えなくなっても大合唱はしばらく続いた。罪人の男が解放され、神官に治療された後にも、ずっと続いていた。

「白けちまったし、帰るか」

「そうですね……」

せっかく美しい港町を満喫していたというのに、すっかり憂鬱な気分になってしまった。

ホムラは踵《きびす》を返し、振り返る。すると、背の低いツツミはジンに肩車をしてもらって見物していたし、同じく背が低めのプロトは文字通り首を伸ばしてショーを眺めていた。

「見られたらどうするんですか！」

ホムラは小声で叫んだ。

都合よくホムラたちは群衆の最後方で、誰からも見られていなかったのでよしとするが、見つかっていたら大事《おおごと》になっていただろう。

「俺たちはもう少し視察をして帰る」

「真面目ですねえ」

「お前らが不真面目すぎるんだ」

視察を続けるらしいアレスたちを置いて、ホムラたちは歩き始めた。

駐屯所への帰路は、誰もが口を閉ざしていた。領主の娘エリーリヤと広場にいた民衆、そして自分自身に思うところがあったからだ。

だがそんな沈鬱とした中、ホムラは立ち並ぶ商店の店先に、あるはずのないものを見たような気がして、思わず声を上げてしまった。

「え、あれ？」

「なんだ、何かあったか？」

「いえ、多分見間違いですけど、一瞬、スク水が売ってるように見えて……」

「馬鹿か。異世界にスク水が売ってるわけねえだろ」

「そうですよね……」

自分でもそんなはずはないと思ったが、もう一度目を向けてみる。するとそこには、紺色のワンピースタイプの水着が店先に掛けられていた。

「いや、やっぱりスク水ですよ！　ほら、あのお店！」

ホムラが指さしたその先には、スクール水着専門店があった。

「んなわけ——スク水じゃねえか……」

サイコ、戦慄。

四章 『異世界スク水発見伝』

The Devil's Army, Decimated By My Flame the World Bows Down

ホムラたちは店の看板を見上げる。

確かに看板には、この世界の文字で「スクール水着」と書かれていた。金輪際関わることがないと思っていた物体が、そこにはある。

「お！　お嬢ちゃんたち、スクール水着に興味があるのかい？」

人のよさそうなおじさん店主がこちらに気づき、にこやかに手招きをしてくる。そして値踏みするかのようにこちらを観察してきた。視線にいやらしさはなかったが、視線の意味することは分かる。

「うんうん、君たちみたいな子には是非着てもらいたいね、スクール水着。露《あら》わになる四肢、浮かび上がる身体の曲線、神秘的な紺色のヴェール。もはや芸術品だよ。スクール水着を着た少女以上に美しいものはこの世に存在しないね」

「うるせえ、わけ分かんねえこと言ってんじゃねえ。興味があんのはお前の断末魔の叫びだけじゃ！　分かったら今すぐ店ごと視界から消えろ！」

「うんうん、分かるよ、その気持ち。そんなお嬢ちゃんにはぴったりだね、スクール水着」

なんの脈絡もなくスクール水着を勧めてくる店主。なんだこいつ。

「うへえ……。スク水見ると、水泳の授業思い出しちゃうんですよね。男子も女子も邪《よこしま》な視線を――」

何事に対しても、人それぞれの思いがある。ホムラにとってスク水とは、邪な視線を思い起こさせるものなのだ。

しかし、先ほどプロトに対して邪な視線を向けていたことを思い出し、ホムラは言葉をせき止めざるを得なかった。どの口が言っているんだ、と。案の定、四人の視線はそう言っていた。

「視線か……。そういえば某《それがし》もよく見られておったたな」

「ジンさんはスタイルいいですからねえ。……いや、私と違って美人さんを見る目で見られてる気がする！」

「そうなのか？　よく分からんな」

視線の種類が違うであろうことを、ホムラは本能で嗅ぎ分けた。

それにしても、異世界にスク水って……。ホムラは店先に置かれている水着に手を触れる。

「あれ、なんか質感が違うかも……？　知ってるのより硬いですね」

指先から伝わるのは違和感だ。伸縮性はあるが、自分が着ていたものより生地がしっかりしている。

「そっちのお嬢ちゃんは水着の違いが分かるのかい！　お目が高いね！」

「…………」

「うんうん、無視もまた、スクール水着だね」

何を言っているんだろう、こいつ。

そもそも合成繊維がまだ存在しないであろうこの世界では、質感が似ていないのは当然か。目の前にある「スクール水着」は、見た目が似ているだけの別物なのだ。似ているものがあるというだけで、相当おかしなことではあるのだが。

「ご存じの通り、この水着はスクール村の特産品でね。機能性も質も折り紙付きだよ。浜で遊ぶなら、おひとつどうだい？」

「全然ご存じじゃないんですけど……。というか、『スクール』って村の名前だったんですね」

この場合の「スクール」とは、「学校」という意味ではないらしい。

「あのー、すみません、ほかに水着売ってるお店ってありますか？」

異世界に来てまでスク水を着たくない。が、浜辺で遊びたくはある。

「いやあ、ちょっと前までなら、色んな店で色んな水着が売られてたんだけどねえ……。事件のせいで浜が封鎖されてね。そんな状況で水着を売るような酔狂な店は、うちだけなんだ。もちろん、うちも売れてないよ」

「酔狂というか、狂ってますよ……」

破滅願望でもあるのだろうか、この店主は。

「……ん？　スクール村？」

そして、はたと何かに気づいたように、ジンが村の名前を口にした。何か思うところがあるようで、顔をかすかに歪めている。

「グルドフ殿が言っていた、日本刀《これ》に似た刀剣を作っているという村の名前が……」

ジンは、腰に帯びた刀に手をかける。

「あー、スクなんとか村って言ってましたね、そういえば……」

「そうそう、スクール村は究極の美を備える水着と、一風変わった武具が有名な村なんだよ」

店主が肯定し、確定する。

ジンは立ち眩《くら》みに襲われたが、膝を屈するのだけは気合で回避した。

「むう……、これはかなりきついな……」

ジンは額に手を当て、残酷な現実を嘆いた。

「お察ししますよ、ジンさん。まさかそんな変な村で刀が作られてるとは……」

「うんうん、絶望もまた、スクール水着だね」

「黙っててください」

本当に何を言っているんだ、こいつ。

求めていた物が珍妙な村で作られているという事実。心を揺さぶられることの少ないジンであっても、流石《さすが》にショックが大きかったようだ。

「お嬢ちゃんたち、隊士なんだね」

「ああ。して、店主殿、この町で刀を取り扱っているか知りたいのだが」

「そういう話なら……、村に直接行った方がいいかな。刀はスクール村の隊士か、海の向こうでしか使われていないんだよ。この町にあるのは、金持ち連中向けの実用的じゃない代物がほとんどさ」

残念ながら、この町で刀は調達できないらしい。グルドフが見たと言っていた刀も、実用的ではないお飾りのものだったのだろう。

「……仕方ない。この任を終えた後、その村に立ち寄ってもよいか？」

背に腹は代えられない、と目が言っていた。

「びっくりするくらい気が向かねえが……、行くしかねえだろ」

「かたじけない」

残念なことに、次の行先が決まった。仕方ないとはいえ、本当に気が向かない。

「行きたくないなあ……」

ホムラは呟《つぶや》いた。


「……で、結局スク水着ることになるんですね」

「しょうがねえだろ、ほかに水着売ってるとこがねえんだから」

ホムラたち五人は、スク水を着て海を望んでいた。こてで均《なら》されたような砂地に、五人分の足跡が尾を引いている。

夏の日差しとまではいかないが、オーレリークはガルドルシアより温暖な気候のため、浜辺で遊ぶには十分な暖かさがあった。

「ビーチに誰もいないっていうのが、唯一の救いですね」

一般人は接近禁止なので、浜辺は貸し切り状態だ。人に見られる心配はない。プロトやツツミさえも姿を晒し、日の光の下にいた。

ホムラは海へ目を向ける。

「でもまあ、こんな綺麗《きれい》な海で遊べるんですから、細かいことはどうでもいいですね！」

ホムラが見たことのある海はどこも暗く濁っていた。透き通った海というものは、ディスプレイという薄壁で隔てられた向こう側の世界の存在だったのだ。今だけは嫌なことを忘れ、旅行に来た気分で思う存分遊び倒そう。ホムラは胸を躍らせていた。

「海って……お魚がいっぱい、いるんだよね……？」

ツツミは、ホムラの隣で海面を覗《のぞ》き込んでいた。海が反射した日差しを受け、不思議な色の瞳がキラキラと輝いている。

「そうだよ。可愛《かわい》いのとか、変な色のやつとかいるかもね。一緒に探してみよっか！」

見た目相応の少女のような反応を見て、ホムラは少し嬉《うれ》しくなった。戦闘か食事以外に興味を湧かせているのは珍しいからだ。

「じゃあ、毒流して、いっぱい獲《と》って、いっぱい食べる……！」

「それ多分こっちの世界でもダメなやつー！　でもやっちゃおっか！」

「やめんか、阿呆《あほう》」

なぜか実行犯《ツツミ》ではなく共犯者《ホムラ》にげんこつを食らわせるジン。

「一応言っとくが、あんまり海には入んなよ。船を襲った魔物がいるのは確かなんだからな」

「はーい」

やれることが少ないとはいえ、ただ遊ぶために身体を動かすことが楽しくて仕方がない。

五人は海を気に掛けながらも遊んだ。

水をかけ合ったし、砂もかけ合ったし、浅瀬を泳いだし、砂の城も作ったし、砂をかけ合ったし、砂をかけ合ったし、砂をかけ合って喧嘩《けんか》に発展したりもした。

「もう砂かけるの禁止！」

集中攻撃されていたホムラはブチギレた。

「ほかの遊びしますよ！」

渋々と砂を手放す面々。

さあ何をしようかと考えたとき、ホムラはとある憧れを思い出した。それは――。

「実はスイカ割りに憧れてたんですけど、スイカも棒もないですねえ」

この世界にスイカはないかもしれないし、別の果物で代用できるだろうが、ここはどうしてもスイカでやりたかった。

「スイカ割り？　なにそれ」

地球の文化に疎いプロトが尋ねる。

「スイカ割りっていうのは……なんなんだろ」

改めて考えてみると、詳しいルールを知らない。

「確か、目隠しした人が周りの指示を頼りに動いて、スイカを棒で割る……んだったかな？　あれ、最初にぐるぐる回るんでしたっけ？」

「なにそれ……。何が面白いの？」

詳しいルールを知らないがゆえに説明が曖昧になってしまったが、ちゃんと説明しても地球外生命体にスイカ割りの面白さを伝えられる気がしない。

「実際にやってみたら面白い……のかも？」

「さっきから疑問形ばっかりだね」

「しょうがないじゃないですか、漫画とかアニメでしか見たことないんですから！」

ホムラにとってスイカ割りとは、透き通った海と同じくらい縁遠い事柄であった。

「スイカ……食べたかった……」

そんなホムラたちをよそに、あれほどの肉串を平らげていたツツミの腹は、スイカに思いを馳《は》せて鳴った。

「ツツミちゃん……」

残念そうにするツツミの顔を見て、つられて胸が痛くなってくる。

そこでホムラは、曇ったツツミの顔を晴らすために行動に出た。スイカを体験させてあげたい、と。

「ほーらツツミちゃん、スイカだよー。うへへ……」

ホムラはツツミの顔に胸を押し当て、抱きついた。

「おいジン、スイカの代わり見つけたぞ」

「棒の代わりなら持っておる」


「ちょっとした冗談じゃないですか！　大きくて丸いものだったら、スイカ体験させてあげられるかなって！　ついでに密なスキンシップが取れるかなって！」

砂から頭だけを出したホムラが叫ぶ。しかし、言い訳は通用しない。

「ホムラ割り、かいさーい！」

「やめましょうよ、そんな物騒な催し！」

必死の命乞いに応じることなく、ホムラ割りが進行していく。

「ねえ、ルールは？」

アホの遊びには興味があるプロトが尋ねる。

「目隠しなしのジンが自分の目を頼りに動いて、ホムラの頭を刀で割る」

「なにそれ、面白そー」

サイコはホムラに言い聞かせるようにルールを説明し、プロトは淡々と楽しそうにする。

「それもうただの処刑じゃないですか！」

三つの冷たい視線がホムラを刺す。

「割れたホムラ……食べてもいい？」

「ツツミちゃんにならら食べられてもいいよ！」

「オッケー、んじゃホムラ割りの開始な」

「うっそでーす！　まだ死にたくないでーす！」

本当に頭を割られそうな気がして、ホムラは泣きながら命乞いをした。

「面白《おもしれ》えな、これ」

「最高に無様だね」

泣きじゃくる姿をしばらく観賞されたあと、ようやくホムラ割りは中止された。

「ちょっとした冗談に決まってんだろ」

「本気で殺されると思ったんですけど……」

ちょっとした冗談だったということで、ホムラは掘り起こされる。冗談だと言うわりには、本気の目をしていたことを意識の外に追いやりつつ。

「それにしても、サイコさんまでビーチで遊ぶなんて意外でしたよ」

スク水でいいから水着で遊ぶぞと提案したのは、意外にもサイコだった。人をからかうことと盗賊狩り以外で、ここまで娯楽に積極的なサイコは珍しい。

「まあ、これも任務のための作戦だからな」

「……作戦？」

ただ遊んでいるように見えたが、何か深い考えがあるらしい。娯楽に積極的なのではなく、あくまで任務のためだという。

「ビーチ、水着の美少女、バカ騒ぎ。この三つが合わされば、相乗効果で人食いザメが現れる。おそらく、そいつが襲撃事件の犯人だ」

相当浅かった。

「何を馬鹿なこと言ってるんですか……。B級映画の見すぎで――」

そのとき、プロトの必死な叫び声が浜辺に響いた。

「サメだーッ！　サメが出たよーッ！」

「うそぉッ！」

これほどプロトが声を荒らげたことはなく、ホムラはサメの出現との両方に驚いた。

弾かれるように、プロトが指し示す先を見やる。

今の今まで平和だった浜辺に、それはいた。

どんなときでも余裕の笑みを浮かべるサイコですら、このときばかりは鬼気迫る表情を見せている。

「アタシが足止めする！　お前らは衛盾隊《えいじゅんたい》呼んでこい！」

波打ち際にいるそれは異形の体躯《たいく》をしているが、まさしくサメだった。

黒々とした捕食者の目。人体をも容易に切り裂く鋭い牙。それらは普通のサメと何ら変わらないものであったが、大きく違う部分があった。

足があるのだ。

胸ビレと腹ビレが変化したものだろうか。ゴツゴツとした骨格が肌から浮き出ており、その先端には鋭い爪が見える。その四つ足で地面を力強く捉え、まるでトカゲのように腹を擦りながら歩き、海から上がってきた。

「アタシを置いてさっさと行け！」

「サイコだけじゃ無理だよ！　僕も残る！」

「……ありがとよ、お前と二人なら負ける気がしねえ」

いつもは率先してふざけている二人が、率先して仲間を守ろうとしている。それでも魔獣は立ちふさがる二人に臆することなく、人間の領域に踏み込んできた。

異形のサメの特徴は、その足で捕食者としての領域を陸にまで拡大させていることだけではない。

なによりも特徴的なのが――。

「ちっっっっっっさ――ッ！」

――手の平サイズだということだ。


白熱した台詞《せりふ》を叫びながら、二人は寝転がって変なサメを眺めている。

足のあるサメは威嚇するように大口を開け、鋭い歯を剝《む》き出しにするが、如何《いかん》せん身体が小さいので愛らしく見える。

その威嚇に対抗するように、サイコとプロトは大口を開けた。アホみたいな光景だが、危険な魔物でなくてひとまず安心する。

「小さいですね……。子供なんでしょうか」

「かもな。んで、これの成体が例の魔物だったりすんのかも」

ホムラもサメのそばで屈《かが》み、その小さな姿を見下ろす。

一体だけ。ほかに仲間はいそうにない。迷子だろうか。

いつの間にかツツミとジンも近くに寄ってきて、まじまじと小さな魔物を眺めている。

「恰好《かっこう》よくて、可愛いね……」

ツツミもアホ二人の真似《まね》をして、威嚇ごっこを始めた。

「アホの真似はやめようねー、ツツミちゃん」

アホは教育に悪い。この二人から極力距離を取らせるようにしよう。

互いの威信をかけた威嚇合戦は激化していき、ついには武力行使にまで発展した。果敢に威嚇を続けている勇ましい魔獣をサイコは木の棒でつつき始め、サメは負けじと棒に食いつく。

「ほれほれー」

「もう、何やってるんですか。いじめてたら親ザメに仕返しされますよ」

「返り討ちにして、フカヒレスープにしてやんよ。ふははッ」

巨大な敵から繰り出される攻撃に恐れをなしたのか、サメはてけてけと海の方へと逃げていく。

「あ、逃げた」

魔獣との熾烈《しれつ》な戦いは、人類の勝利で終わった。

必死に走る様を見ると、罪悪感めいた感情が込み上げてくる。親ザメにサイコを差し出せば許してくれるだろうか。試す価値はあると思う。

「適当に言っただけなんだが、本当にサメが出るとはな」

「やっぱり適当言ってただけなんですね……」

本気でサメ召喚の儀式をやっているとは思っていなかったが、もう少し考えがあってのことかと思っていた。本当に適当なことを言っていただけだった。

ただ、スク水を着てでもビーチで遊ぶ決心がついたのは、サイコのふざけた作戦のおかげでもある。久々に思いっきり息抜きができたことに関しては、サイコに感謝しようと思う。心の中で。直接は言いたくない。

「んじゃ、報告するために戻るか」

いつの間にか日が傾き、浜辺は橙色《だいだいいろ》に染まりつつある。

「遊びすぎてて怒られませんかね？」

「さあ、知らね」

「羽目を外しすぎなような……」

あまりにもやりたいことをやっているような気がしないでもない。隊士としての本分を全うするために、とまでいかずとも、もう少し殊勝な心掛けでいたい。

それでも、得られるものはあった。

「……でも、この町のことは好きになれたような気がします。嫌なところもありますけどね」

心地よい疲労感と、昼とは違う顔を見せる美しい景色。トーレクの言う通り、知ることで町に愛着が湧いた。何があっても、この景色は壊させない。ホムラの胸には、決意が芽生えていた。


でも案の定怒られた。

「おじさんが言うのもなんだけどね、流石《さすが》に遊びすぎ」

五章　『領主の娘』

「この町を楽しんできなさいって言ったのはおじさんだけどさ、帰ってくるのが遅すぎて、ガルドルシアに帰っちゃったかと思ったよ」

トーレクは駐屯所玄関の前で仁王立ちして待っていた。柔和な表情を崩さなかったが、言葉の端々からは怒気が滲み出ている。微笑《ほほえ》みながら怒る人だ。眉間のしわがすごい。

「すみません、久々に羽を伸ばせたもので……」

事情を汲《く》み取ったからか、トーレクの笑顔から怒気は薄れていった。代わりに、どういう感情か眉尻を下げていく。

「そう言われると怒るに怒れないなあ。まあ、若いのに頑張ってるしね」

「本当すみません……」

早速羽目を外しすぎて怒られたが、それよりも気になることがあった。

「ところで、そちらの方は？」

トーレクの隣にいる男だ。今までトーレクと話していたようだった。身なりはよく、恰《かっ》幅《ぷく》もいい。かなりの金持ちだと推察はできるが、顔色が悪い。不健康だからというより、疲れているからのように見える。

「ああ、私のことは気にしなくていい」

その男の声は、やはりくたびれている。

「私はもう行くよ、トーレク。君たちにも、迷惑をかけてしまってすまないね」

「迷惑……？」

気になる言葉を残して、男は去っていった。

「そんなことより、君たちに会いたがってる子がいるんだわ。ちょーっと気難しいお年頃の子だから、粗相のないようにね」

気楽に言うのと裏腹に、トーレクの表情は硬かった。嫌な予感が。

連れられるままに執務室へと向かう。

ホムラが固唾《かたず》を呑《の》んで扉をくぐると、執務室はピリピリとした空気が張り詰めていた。

その空気を生み出している人物は、執務机の上にいた。

「ちょっと遅すぎなァい？」

派手な服装で、尊大な態度の少女――領主の娘エリーリヤだ。チョーカーに付いている血のように赤い宝石が、鉱石灯の光を受けて怪しく光っている。

エリーリヤは、執務机の上に寝転んでいる血舐《な》め猫を背もたれにするように机に腰掛けている。座るのに邪魔だからだろう、机に置かれていた書類や本が床に散らばっていた。

待ちくたびれたようで、棘《とげ》のある声色をしている。

ホムラたちが部屋に入ってから一拍遅れて、寝ていた血舐め猫が顔を上げ、奇妙な鳴き声で鳴いた。何を考えているのか、その様子を見てエリーリヤはにやついた。

「お前ら、何やってたんだ……！」

部屋の片隅で直立不動のアレスが、小声で咎《とが》めてくる。ほか三人もアレスに連なるように整列し、物言わぬ置物と化していた。

オーレリークとガルドルシアの関係から、誰も領主の娘には強く出られない。町の賑《にぎ》わいを見れば、南国がどれだけ豊かな国か分かる。そことの繋《つな》がりが荒れれば、ガルドルシアにとっては大打撃だ。それを分かっているからか、エリーリヤは尊大な態度を崩さないでいる。

「どうしたの？　座りなさいよ」

それは催促ではなく、命令だった。

同僚と上司が立たされているのに、自分たちだけ座るのかとホムラは居心地の悪さを感じていたが、ほか四人は全然気にしていない。それどころか、サイコは挑発するように口ーテーブルに足をドカッと置いた。

ホムラはそれを咎めようかとも思ったが、エリーリヤの顔が微かに歪《ゆが》んだのを見て、止めるのをやめた。外交問題に発展しないか気掛かりだが、それはそれとして痛快ではある。

エリーリヤはこちらに気まずい思いをさせたかったのだろうが、非常識人には通用しない。

「アンタ、性格悪いわね」

「滅相もございませーん、あなた様には到底及びませーん」

サイコは舐め腐った態度で言い返す。

「どっこいどっこいですからね？　……あ」

ホムラは慌てて口を塞ぐ。お前が言うなとあまりにも言いたくなってしまい、無意識に言葉が出てきたのだった。

「すみませんね、この子ら新人なもんで」

すかさずトーレクがエリーリヤの機嫌を取る。

「気にしなくていいわよ。舐めてる奴《やつ》を怯《おび》えさせるのが好きなんだもん」

エリーリヤは歯を剝《む》き、嗜虐《しぎやく》的な笑みを作った。

「見てたわよ、アンタたちが反抗的な目でエリーリヤを見てるのを」

あの人混みの中で自分たちを見出《みいだ》し、恐れていない様子を認識していたようだ。

「それだけじゃないわ。ミィちゃんの鼻は誤魔化《ごまか》せないわよ。アンタたち、普通じゃないのが交じってるでしょ」

エリーリヤが寝転がっている血舐め猫の頭を撫《な》でると、異形の魔獣はまるで家猫のようにゴロゴロと喉を鳴らした。

「そこのチビ、マスク外しなさい」

迷いなくツツミを指名する。

ツツミは少し躊躇《ためら》ったが、サイコが首を縦に振る。ツツミはおずおずとフードを脱ぎ、マスクを外した。

異色の肌が晒《さら》され、思った通りだとエリーリヤの口角は吊《つ》り上がった。

「にひひッ！　やっぱりね！　魔族を連れてるなんてイカれてるわ！　悪さすれば思いっきり制裁してあげるから、自由にしてていいわよ！」

「なんてこった……」

トーレクは頭を抱えた。

「そっちの奴もでしょ」

次はプロトだ。あからさまに姿を隠しているので無理もない。二人だけ先に宿舎に帰した方がよかったと、今さらながらホムラは後悔した。

「バレちゃったのなら、しょうがないね」

プロトもフードを脱ぎ――瞳を激しく明滅させながら首を伸ばした。

「いや、そいつは何なのッ？」

思った方向とは全然別の角度からの奇襲を受けるエリーリヤ。トーレクはもはや言葉も出ず、呆然《ぼうぜん》としている。

「ま、まあいいわ……。正体はどうでもいいのよ、弱みを握ってるだけで――」

エリーリヤはなんとか気を取り戻したが、何か思うところがあるのか、ひと時の空白があった。

「そう、そうよ！　こんな話をしに来たんじゃないのよ！」

ハッとしたエリーリヤは声を荒らげた。

「アンタたち、どうせ襲撃事件のために呼ばれたんでしょ？　そんなことより、エリーリヤのコレクションを回収してもらうわ」

「コレクション……？」

疑問に思ったのはコレクション自体ではなく、襲撃事件よりも優先することなのかということだった。

「襲撃された船に、エリーリヤが実家から取り寄せてたコレクションが積まれてたの。それが今頃漂着してるだろうから、アンタたちに回収してもらうわ」

「そりゃ、わざわざアタシらがしなきゃなんねえことなのか？」

サイコも不快感を露《あら》わにした。何か裏があるのを察したのだろう。

「『しなきゃならない』んじゃないわ。アンタたちに『させたい』だけよ。にひッ！　もちろん拒否権はないわよ。もし拒否すれば……どうなるか分かるわよね？」

視線がプロトとツツミに向かう。従わなければ正体をバラすぞ、と仄《ほの》めかしているのだ。

人間でない者を仲間としていることは、ファルメアが認めている。だが、それだけだ。

感情としてそれを認めない者は多いだろうし、そもそもこの町は聖都ガルドルシアの影響力が薄い。過激な娯楽に飢えた市民がこの事実を知ればどうなるか……。

険悪になる空気。

それを和らげるように、トーレクは緩い声色で間に入ってきた。

「まあなんだ、船には武器が積まれてたから、どのみち回収しないといけないんだよ。本当は他の隊士にやらせるつもりだったんだけど、君たちにご指名が入ったってわけ。悪いけど、やってくれる？」

声とは裏腹に、笑顔は引き攣《つ》っている。エリーリヤの機嫌を損ねることがそれだけ危険なのだと、その必死な姿が暗に示していた。

「百歩譲って従ったとして、そのコレクションってのは何なんだ」

「色々あるけど、一番取り戻したいのは、ちょうどそいつが持ってるような武器よ」

サイコの質問に、エリーリヤは行儀悪く足で示すことで答えた。

「刀……か」

ジンは携えていた刀に目を向ける。

「……そうだ、いいこと思いついた！　報酬として、その刀はアンタに譲ってあげるわ」

エリーリヤが唐突におかしな提案をした。

「話がおかしいぞ。『一番取り戻したい』ものではなかったのか」

「おかしくなんてないわ。目的が果たせればいいんだもの」

「……何を企《たくら》んでおる」

「さあね。でもちょうどいいでしょ？　そんななまくらなんかより、ずっとすごい代物なのよ？　むしろ感謝してほしいくらいだわ」

その企みがどれだけ邪悪なことなのか、歪《ゆが》んだ笑顔を見れば分かる。

「渡りに船……とは言いたくないな。それを手にしたとて、小悪党からの施し物など使わん」

「いいわね、その反抗的な目。ますます気に入ったわ」

ジンが一瞥《いちべつ》もくれずに言い捨てると、エリーリヤは挑発的な物言いに逆上するどころか嬉しそうに目を細めた。その口ぶりから、どうやらジンを狙っているようだ。

「でも断ったら、グルドフさんにも迷惑が掛かりますよね……？」

ホムラは、サイコに耳打ちをした。国のことより、恩人のことを心配して。自分たちの過ちは、当然後見人であるグルドフも責任を取ることになる。

「はあ……。断りゃ優良物件手放すことになるだろうし、受けてやるよ、その依頼」

サイコが心配しているのはグルドフではなく、都合のいい環境を手放さないといけないことの方だった。

「いやあ、ありがとう。これでおじさんの首も繋がったよ」

トーレクは冗談めかしているが、心底ほっとした表情をしている。

「漂着物のことなら、ある程度情報はまとめてあるよ。ここいらの潮の流れからすると、おそらく近くの漁村に流れ着いてるだろうね。ちょっと危ないけど、船なら日帰りで行ける距離だよ」

そこまで言って、トーレクは続きを言いづらいのか間を置いた。

「……ただ、ここ数日、その村からの人足が途絶えていてね。いつも定期的に魚を卸《おろ》しに来るんだけど……。まあ要するに、何らかの問題が発生した可能性があるってこと。漂着物回収を兼ねて近々調査に行く予定だったんだけど、君たちに任せることになって申し訳ないね」

「おい、そりゃどういうことだ」

「本当に申し訳ないけど、そういうことなんだよ」

「どういうことだよ！」

後出しで、後ろ暗く重要な情報が明らかにされた。その情報からは、エリーリヤの目的の一端が垣間見《かいまみ》える。何かただならぬことに巻き込まれているようだ。

「じゃあ明日の朝、早速出発するわよ」

とんとん拍子で想定外の予定が決まっていく。それと同時に、エリーリヤの言葉に違和感を覚えた。まるで自分も同行すると言っているような。

困惑が顔に表れていたのか、表情の変化を見るなりエリーリヤはきょとんとした。

「エリーリヤも行くんだけど？」

さも当たり前のように同行することを告げる。

一緒に行動するのは勘弁してほしかったが、反論したのはアレスだった。

「それは聞き入れられません！」

「なァに？　アンタたちには話してないんだけど？」

「それでもです！　どういう人物であれ、あなたはこの町の要人です。それをみすみす危険な場所に送り出すのは、隊士として受け入れられることではありません！」

面白みのない生真面目な反論に、エリーリヤはうんざりとしている。

「なら、アンタたちが守ってよ」

「そういう場所に行くこと自体が――」

「はいはい、守れる自信がないのね。それとも、戦うのが怖いの？　いいのよ、逃げても」

エリーリヤは興味がなさそうに爪を弄《いじ》っている。片やアレスは、歯向かうような視線を強めた。その何も期待していない態度と、「逃げてもいい」という言葉が、アレスの胸に食い込んだのだ。

「逃げる……？　俺は逃げません……。守り通してみせますよ、何があろうと！」

アレスが語気を強めたことによって、エリーリヤは彼の心の弱点に気づいた。エリーリヤは一瞬だけ目を見開いたものの、すぐさま目を細めて嗜虐的な笑みを作ってみせる。

「あら、つまらない男だと思ってたけど、案外面白そうね、アナタ。せいぜい守ってみせなさい。期待してるわよ、お雑魚隊士」

ギリッ、とアレスが歯を食いしばる音が聞こえた。リアンも静かに怒り、睨《にら》みつけている。それでも手を上げないのは見事だった。殴ってはいけない相手だから、というだけではなさそうだ。隊士としての志がそうさせているのだろう。

エリーリヤは向けられた怒気を意にも介さず、血舐《な》め猫とともにするりと机から降りた。

「それじゃ、そういうことでよろしく。楽しみにしてるわよ」

そう言い残し、部屋から出ていった。

部屋は耳障りな沈黙と、寒気がするほどの憤怒に満ちている。

「トーレク殿！　なぜ彼女のいいなりになっているのですか！」

エリーリヤに聞かれないように待ったのだろう。アレスの怒りは爆発した。

「そう怒らないでよー、アレス君。おじさん、エリーリヤちゃんには権力でも実力でも勝てないんだからさ、大目に見てくれない？」

「何をふざけたことを――！」

そこでアレスは、トーレクがおどけるでもなく諭すような顔をしていることに気づいた。

「……すみません、取り乱してしまって」

「いいっていいって、正しいのは君の方なんだから。おじさんがこういう役回りに逃げてるだけで」

トーレクは、アレスの肩を優しく叩く。

「ホムラちゃんたちがさっき会ったのはね、エリーリヤちゃんの親父《おやじ》さん、つまりこの町の領主様なんだよ」

身なりと恰幅《かっぷく》はいいが、ひどく疲れている男を思い出す。美しく、活気のある町の領主であるのに、表情はそれに似つかわしくない。

「親父さんが言うには、あの子、昔は大人しくて優しい子だったらしいんだよ。だけど、とある事件に巻き込まれてから、あんな性格になっちゃったらしいんだ」

「それについては、町で聞きました」

「流石《さすが》アレス君、仕事熱心だねえ。まあ、そういうことだから、許してやってとは言えないけど、少しは理解してあげて」

「そんな事情があろうと……」

アレスの口からは歯切れの悪い言葉しか出なかった。

「おじさんたちも、あの子をどうにかしてあげようと頑張ってるんだけど、問題の根本が分からないからどうにもね」

そういえば、トーレクは領主と酒を飲む約束をしていると言っていたが、酒のにおいはしない。もしかすると、エリーリヤのことで真面目に話していたのかもしれない。

「とにかく、襲撃事件のために呼んだのに、関係ない仕事まで任せちゃってごめんね。事件については、こっちの人員を割くから気にしなくていいよ」

「そうだ、そのことで一応報告というか……」

　再び襲撃事件が話題になり、ホムラはふと本題を思い出した。

「浜辺で遊んでたとき、足の生えたサメがいたんですよね。今回の事件と関係あるかと思いまして」

「足の生えた、サメ……！」

　トーレクの表情が、突然硬くなった。トーレクはそのまま本棚へと向かい、棚から一冊の本を迷いなく取り出し、ページをめくっていく。

「それって、こんなやつ？」

　開かれたページを覗き込む。そこには思っていた図ではなく、「サメっぽい人間」が描かれていた。どう見ても魔族であり、魔獣ではない。

「じゃなくて、サメのヒレが足みたいになってる魔獣です、魔獣」

「あー、サメ型の魔獣ね！　魔族じゃなくて」

　トーレクの表情は硬さが和らぎ、心なしかほっとしたような表情になった。

　魔物は大別して、「魔族」と「魔獣」に分けられる。魔族は人型の魔物で、人間と同じく知性を持ち、場所によっては「亜人」とも呼ばれるらしい。魔獣は魔族以外の魔物を広く言う。

「じゃあ、こっちかな」

違う本で見せてきたのは、まさに浜辺で見た魔獣の絵だった。実際に見た個体と違うところといえば、体表がごつごつとしているところだった。成体と幼体の違いなのだろうか。

「だいたいこんなのでしたね。ちっちゃかったですけど」

「うーむ……」

何か気になることでもあるのか、トーレクは難しい顔をする。

「この魔獣は『這鮫《はいざめ》』って名前なんだけど、這鮫《はいざめ》は縄張りを荒らさなければ大人しいはずだし、縄張りもここから遠いんだよ。だからオーレリークで出たとなると、ちょっとまずいかもね」

「まずいんですか？」

「うん、まずいよ。幼体が縄張りから離れたこんなところにいるはずがない。何らかの影響で生息域がズレたか、何らかの目的があって移動してきたと考えるのが妥当だね。つまり、群れがこの近海にいるってこと。漁村からの人足が途絶えたのも、這鮫《はいざめ》を恐れて船が出せないからかもしれないね」

「結局、漁村に行くのも襲撃事件の調査みたいなものになりましたね」

「都合がいいといえばいいけど、あんまり嬉《うれ》しくはないなあ……。でも、これで明日のお仕事に少しは納得できたかな？」

　後半の疑問はアレスに向けてのものだった。

「ええ、まあ……」

　釈然としない気持ちはあるものの、アレスは渋々と肯定する。

「ってわけで、今日のところはもう休みなさい。明日は疲れるよ、主に精神が！」

　未《いま》だに漂う暗い雰囲気を払うために、トーレクは明るく休息命令を言い渡す。

　しかしながら、すでに数人寝ているのは言うまでもない。

「はあ……。お前らは本当にどうしようもないな」

「すみません、遊び疲れてるんです……」

　アレスたちの呆《あき》れた視線を受けつつ、ホムラは四人を叩《たた》き起こした。

六章　『見えない本心』

The Devil's Army, Decimated
By My Flame the World Bows Down

宿舎に戻った五人は自分のベッドに座り、一日のことを振り返っていた。美しい町並みと醜い広場。任務と命令。必然的に、どうしてもエリーリヤの話題にたどり着いてしまう。五人はエリーリヤの横暴に苛立《いらだ》ちを覚えていたものの、それ以上にその裏にある悪意が何なのか考えあぐねていた。

「何を企《たくら》んでるんでしょうかね？」

「どうせクソみてえなことだろ」

ベッドが整然と並ぶ部屋は鉱石灯で照らされているが、暗い雰囲気のせいで薄暗く感じてしまう。

「同じく性格の悪いサイコさんが言うと、信頼度が高いですね」

「制裁されてえのか、コラァ」

「事実陳列罪で制裁されちゃーう」

二人分の影が、壁で激しく踊る。

「ってかなんで、お前が目ぇ付けられてんだ？」

暴れ終わったサイコがジンに問うが、当然ながら本人も理由が分からない。

「……分からんが、へし折り甲斐《がい》があるのやもな」

「確かにジンさんは屈しそうにないですしね」

嗜虐《しぎゃく》的なやりがいがある、ということなのかもしれない。ほんの僅かな間しかやり取りをしていないが、エリーリヤがかなりのサディストであることは知れた。反抗的な態度を見せたアレスに対する物言いからも、自分に歯向かう者を潰す方が好みのようだ。

それを踏まえると、気丈なジンが狙われるのも頷《うなず》ける。

「でも刀もらえるのなら、都合がいいですね。名刀らしいですし」

「使わんと言っておるだろうが」

「そう言わずにお願いしますよー。戦いのとき、ジンさんが一番頼りになるんですし」

部隊の最高火力はホムラだが、安定した戦闘力を発揮できるのがジンだった。

「使わんと言ったら使わん」

「むう……」

ジンの意志は堅い。守るべき一線があるのだろう、どうしても悪からの施しは受け付けないらしい。

ここで刀を得なければ、スクール村という珍妙な村に行かなければならない。それだけは嫌だ。

無理強いはよくないが、どうにか刀を受け取る気になってほしいと悩んでいると、プロトが口を開いた。

「……ねえ、前々から気になってたんだけどさ、ジンはなんで刀にこだわってるの？　地球には僕たちを撃墜するくらいには野蛮な兵器があるんだから、殺傷目的ならそっちの方が確実じゃない？　銃とか色々あるでしょ。そういうのがないこっちの世界ならまだしも」

地球外機械生命体を撃墜した地球の科学技術も気になるが、ホムラは口を挟まないでいた。ジンがなぜ刀にこだわっているのかは、ホムラも以前から聞いてみたかったことだからだ。

ジンは静かに目を伏せ、語り始める。

「某《それがし》の一族は古来より暗殺を生業《なりわい》としているが、『人を殺《あや》める手触り』を重んじている。相手が悪とはいえ、『命を奪うこと』を軽んじないためだ」

「ふーん。でもそのわりにジンってさ――斬り合いしてるとき楽しそうじゃない？」

ジンは動揺したのか、一瞬固まった。

「試験のときの話か。サイコから聞いたのか？　あれは腕試しが楽しくてだな――」

ホムラも入隊試験を思い出す。ジンは片腕を潰されながらも、狂気的な笑みで試験官と戦っていた。どちらがどちらを殺してもおかしくない状況で、笑っていたのだ。

だがプロトが言いたいことは違った。

「そうじゃなくて、盗賊とか殺してるときの話。いっつもちょっとニヤけてるよ？」

ジンは咄嗟《とっさ》に口元を押さえた。先ほどよりも動揺していることが、その瞠目《どうもく》から察せられる。

ほんのひと時、沈黙が流れた。

「そんなはずは……」

「びみょーにだけどね」

「だが殺しに愉《たの》しみなど抱いたことはない」

「人間の価値観なんて理解できないから、僕も深くは分かんないよ、ジンがどういうつもりなのか」

「…………」

自身の本心を探すように、ジンの目は泳いだ。だが答えが見つからないのか、口元を押さえたまま黙り込む。

「なんにせよ、自分のこと、自分でもよく分かってないんだよ。ま、どう生きたいかなんて僕が口出しすることじゃないから、そこはお任せするけどね」

「どう生きたい……か。某《それがし》はこれまで『誰かの道具』として生きていたからな。自分の足でどう立てばよいか分からん……」

ジンは手を見つめる。『誰かの道具』として刀を握っていた手を。

異世界に来て初めて自分のやりたいことを知ったホムラは、思い悩むジンに自分を重ねる。

「そうだ！　私みたいに自分に正直になってみればどうですか？　せっかく異世界に来たんですし、斬ってもいい相手を斬るの、楽しんでもいいんじゃないですかね」

「だから、殺しに愉しみなど抱いてはおらんと言っておろうに」

励まそうとするホムラの額を、ジンは指で弾《はじ》いた。

「ぁ痛ーいッ！」

「それに、おぬしは自分に正直すぎる。俗物の行く末は暗いぞ？」

ホムラは赤くなった額をさする。

「いてて……。俗物でもいいじゃないですか。俗物の中でも、マシな俗物になればいいだけです。自分の『悪』を真《ま》っ直《す》ぐ見て、報いがあれば受け入れる。もう一度殺されるくらいなら、私は私の『悪』を貫きますよ」

自分を死に追いやった者たちをホムラは思い浮かべた。理不尽に奪う者たちを、理不尽に焼いてやる。

次第に目が据わっていくホムラを、ジンはじっと見つめていた。

「あ、そうですよね、人の命をなんだと思ってるんだって話ですよね……」

ホムラは先日のやり取りを思い出し、反省した。ジンは単純に悪だから斬っていいとは思っていない。そこに楽しみを見出《みいだ》しては、という提案は失礼にすぎた。

「すみません、軽はずみなことを言って——あれ、聞いてます？」

しかし、ジンはいつの間にか上の空になっている。ホムラが顔を覗《のぞ》き込んでようやく、ジンは意識を現実へと戻した。

「ん？　ああ……。いやなに、こちらの世界に来てよかったと思っていただけだ」

「そ、そうなんですか？」

「ああ、いつでもおぬしを斬れるからな」

「わーお！　怒ってるー！」

処されると思いベッドの中へ逃げ込んだホムラをよそに、ジンは再び口を閉ざす。

部屋が沈黙に支配されたところで、思わぬ方向から疑問が飛んできた。

「『誰かの道具』じゃ、ダメなの……？」

兵器として生まれ、兵器として育てられたツツミが不安そうに尋ねる。

「うーん、ツツミも僕やジンと同じで『誰かの道具』として生きてきたけど、事情もそれぞれだから、ツツミはそれでもいいかな。要するに、自分の意志がどこを向いてるかが大事って話だよ」

プロトはツツミの隣に座り、頭を撫でてやる。

「すみません、間に挟まっていいですか？」

ベッドから顔を出したホムラが、仲良くしている少女と少女の間に挟まっていいか尋ねた。

「空気が読めない脳みそが詰まったその頭蓋骨を砕いていいならいいよ」

「どうしよう、迷うなあ……」

「迷う余地ないでしょ……」

迷った末にやめた。

ジンはまだ黙ったままだ。今すぐに答えを出す必要はない。思う存分悩めばいい。ホムラはそう伝えようとしたが、口を開くのをドアノックが遮った。

「入るぞ」

「帰れ！」

「どうぞ入ってください！」

叫ぶサイコを無視し、ホムラの許しを得たアレスはドアを開けた。

「キャー！　女の子の部屋に入ってくるなんてエッチ！」

絹を裂くような悲鳴の出処《でどころ》がサイコの口だったので、全員無視した。

「話があるんだが――」

「おうコラ、うら若き乙女の部屋に入ってきて反応なしか、おおん？」

眉根がどこまでも寄っていくサイコが、アレスに詰め寄る。

アレスはホムラたちを見ながら無言でサイコの顎を鷲摑《わしづか》みにし、ギリギリと締め付ける。

「ンぎいいいいいいいいいい――ッ！」

人間が発したとは思えない汚い悲鳴を上げるサイコを、アレスはベッドに突き返す。無造作にではなくベッドに突き返すあたり、そこには優しさがあった。僅かばかりだが。

「いってえ……、ヒビ入ったかも……」

サイコは顎をさする。

「マジで馬鹿なんですか？」

誰もサイコの顎を心配していなかった。

「それで話なんだが、この町とエリーリヤについてだ。一応共有しておこうと思ってな」

　広場での針拳《はりけん》制裁ショーを見届けた後、アレスたちは視察に向かっていた。知り得た情報の中で、共有しておくほど気になる話があったのだろう。

「結論から言うと、あの娘は怪しい」

「怪しい？」

　猟奇的で横暴だとは思うが、怪しいとはどういうことだろうか。怪しい企みに絶賛巻き込まれ中ではあるが。

「広場で罪人を制裁していただろう？　不思議なことに、制裁された罪人は町で見かけなくなるらしい」

「それって、どういう……」

「罪人として見世物になれば、当然町での居場所はなくなる。普通そういう者は、よその集落に渡るか賊徒に身を落とす。だがオーレリーク周辺での盗賊被害は少ないんだ」

　盗賊になる理由は様々だが、元々罪人だった例は少なくない。居場所がなくなり別の集落に行こうとしても、素性の知れないよそ者は歓迎されず、結局盗賊になることもあるという。

「それに加えて、領主の館からは夜な夜な呻《うめ》き声《ごえ》らしき音が漏れ聞こえるらしい」

「それってもう、ほとんど答えなんじゃ……？」

消える罪人と謎の呻き声。ホムラの頭の中には、エリーリヤが館で制裁の続きをしている光景が浮かんだ。

虐げるためにわざと見世物にし、町から消えてもおかしくない状況を作り出す。制裁を口実に、己の加虐心を満たしているだけ。そうであるならば許せない。ホムラは怒りで身体が熱くなる。

「落ち着け。まだそうと決まったわけじゃない。それに、トーレク殿が言っていたことも気になる。町でのエリーリヤの評判はおおむね悪いが、シェルス海連合国出身者——つまりエリーリヤと同郷の者からは、少し違った印象が持たれているんだ。エリーリヤの昔を知る人物からすると、荒れる前のエリーリヤはただただ印象が薄かった、と。はっきりとエリーリヤのことを覚えている者は少なかったな」

「事件に巻き込まれてから性格が変わっちゃったって、言ってましたね」

「何年か前に誘拐されたことがあるらしい」

「誘拐……」

「注目すべきは、誘拐されたこと自体じゃないんだ。エリーリヤは誘拐犯を殺害している。そのときちょうど、魔術の才能に目覚めたらしい。しかも、ただ殺しただけじゃない。かなり長時間にわたって痛めつけた痕跡があったとのことだ。それからエリーリヤは、暴力によって恐怖を抱かせることに執着し始めたらしい」

　それを聞いて、ホムラは呆然《ぼうぜん》とした。確たる証拠はないが、どことなく自分と似ている気がして。

「……どうした？」

「いえ、なんだか私と似てるなあって。何かのきっかけで自分の本心に気づいた、といいますか……」

「性格が変わったんじゃなく、本心をさらけ出しただけ、と？」

「分かんないですけどね！　それに、やってることは許されることじゃないですし」

「ああ、過ぎた制裁をしているのは確かだ。だからこそ俺たちは引き続き調査をするが、俺が頼むまでこの件には関わるなよ」

「あ、手を借りたいんじゃなくて、釘《くぎ》を刺しに来たんですね……」

「お前たちが絡むと、面倒なことにしかならんからな。だが一応の報告だ。もしものことがあったときのためのな」

　返す言葉がなかった。エリーリヤのことは気に入らないが、焼かなければならない悪なのかはまだ判断できない。かといって探りを入れるには、自分たちはあまりにも厄介な性格をしている自覚がある。ここはアレスに任せよう……ある程度まで。

「でも、焼いていいようなら教えてくださいね？」

「焼い――？　絶対に教えん！　彼女を裁くのはお前たちではない！　法だ！」

アレスは力強く釘を刺し、部屋から出ていった。

「アレスさんって、真面目ですねえ……」

あくまで法に則《のっと》って裁くらしい。さすがに悪事を働いているとなれば、ガルドルシアも強く出られるのだろう。

「可哀想《かわいそう》だし、手伝ってやるか！」

「絶対に余計なことするつもりでしょ」

全力で余計なことをさせないようにしよう。

七章 『静かな漁村』

The Devil's Army, Decimated
By My Flame the World Bows Down

「潮風が気持ちいいわね。アナタたちもそう思うでしょ?」

エリーリヤ率いる新人隊士の一団は、帆船で目的地である漁村へと向かっていた。青い海と青い空。広大な自然の中を船は突き進む。エリーリヤは長い髪を潮風に靡《なび》かせ、船旅を楽しんでいる。

「気持ちよかっただろうなァ、お前がいなけりゃよォ」

もちろん、楽しめているのはエリーリヤだけだ。ちなみに朝早いということもあって、サイコはいつも以上に機嫌が悪い。

「何言ってんの? エリーリヤがいるから、薄汚いアンタたちのにおいが誤魔化《ごまか》されてるんじゃない」

「薄汚《うすぎたね》えのはお前とホムラだけだろ」

「なんで私もッ?」

臭くない……はず。ホムラは自分を嗅いでみた。

帆船は小型で、とはいえ十人乗っていても少し余裕がある程度の大きさだ。地球の帆船は複雑な帆の操作が必要になるが、こちらでは魔術で風を操り推進力を得る。常ならば「操風士《そうふうし》」と呼ばれる、帆船の航海に同伴するのを生業《なりわい》とする魔術師がいるのだが、今回はリアンがその役を担っている。操風は初歩的な魔術らしい。

船は沿岸に航路を取っている。襲撃事件の犯人が何なのか確定してはいないが、できるだけ危険性の高い沖を避けているのだ。

海岸はゴミひとつない綺麗《きれい》なものだったが、海を進むにつれ木片が打ち上げられているのが目立ってくる。おそらく沈没した船の残骸だろう。エリーリヤが船べりに座り、自分のコレクションが流れ着いていないか探している。積み荷らしき物もちらほらと見かけるようになったが、エリーリヤの反応を見る限り目当ての物はないらしい。

さらに進み、漂着物が本格的に多くなってきた。トーレクの言う通りならば、そろそろ件《くだん》の漁村が見えてくるはず。――そう思っていると、微《かす》かな異臭が鼻先に届いた。

「見えてきたわ、あの村よ」

エリーリヤの視線の先を見やる。そこには海岸を遮るように木の壁が並び、海へは桟橋が突き出しているのが見えた。年季の入った桟橋には、小型帆船と何隻かの手漕《てこ》ぎ舟が係留されている。

漁村では朝早くから漁をしていると思っていたホムラは、活気のなさに少し驚く。

だが違う点に驚く者がいた。

「これはどういうことだ」

突然、ジンがエリーリヤに詰め寄った。その表情には、珍しく怒りが滲み出ている。それどころか、声には殺気が乗っていた。ホムラは肌が粟立《あわだ》ち、身が竦《すく》む。

「どういうことって、アナタの思ってる通りなんじゃない？」

エリーリヤは興味がなさそうに答えた。

ホムラは二人が何を言っているのか分からないでいたが、サイコとツツミは意味を理解したのか自分の武器を確認し始めた。

「すみません、どういうことでしょうか……？」

険悪な雰囲気に呑《の》まれそうになりながらも、ホムラは意を決して尋ねる。すると、ジンが怒りの表情のまま答えた。

「血のにおいだ」

ホムラだけでなく、アレスたちもハッとした。

潮の香りに混じっていた微かな異臭の正体。それは血のにおいだったのだ。

静まり返った漁村から、血のにおいが漂ってきている。トーレクの推測通り、村に何か問題が生じているのだ。

「っていうか、エリーリヤのせいじゃないのになんで睨みつけられてるわけ？」

自分のせいではない。口ではそう言っているが、顔に張り付いた嘲笑が事情を知っていることを物語っていた。明らかに異常事態であるのに、にやにやとこちらの反応を見ている。ほんの一瞬で、船が棘々《とげとげ》しい不穏に呑まれた。

村に近づくにつれ、血のにおいが濃密になっていく。

「うっ――――ッ！」

ホムラは、むせかえるほどの血のにおいにあてられて嘔吐《おうと》した。

「うぇえええええええ――――ッ！」

壁の向こう側がどうなっているか、鼻をつく悪臭が否応《いやおう》なく想像させたのだ。

「このくらいで吐くの？　アンタ、本当に隊士？」

ホムラの情けない姿に、エリーリヤは素直な疑問をぶつけてくる。ホムラは反論したかったが、それどころではなかった。その代わりサイコが反論した。意味不明な論で。

「勘違いすんじゃねえ、これはこいつの地元の漁法だ。急に魚が獲りたくなったんだよ」

「アンタの地元、ヤバいわね……」

「んなわけないでしょ！」

透き通る海にホムラの朝食が広がっていき、魚が集まってくる。

ふざけた雰囲気になったが、黙っていたアレスは居ても立ってもいられず、説明を求めた。

「エリーリヤ殿、どういうことか説明してくれますか？」

「だーかーらー、本当にエリーリヤのせいじゃないんだって」

「あなたのせいではないとして、何が起きているのかは知っているのでしょう？」

「さあてね？」

あくまで白を切るつもりだ。これ以上問い詰めても、まともに答えないだろう。船は再び沈黙し、肌を刺すような静けさに身を委ねるしかなくなる。

そうしているうちに、船は桟橋にたどり着いた。ホムラは杖《つえ》を握りしめ、悪臭立ち込める村へ降り立つ。

ホムラたちに次いでアレスたちが下船しようとしたとき、エリーリヤが四人を呼び止めた。

「ちょっと待ちなさい。アンタたちはここに残るのよ」

気が急《せ》いていたアレスはつんのめる。

「なぜですか！　村に何か起きているんですよ！」

アレスが手で指し示した先には、人影も人声もない家屋の群れがある。「村」と呼ぶには人が足りていない。彩りに欠けた木造の家が、まばらに並んでいるだけだ。

「なぜって、エリーリヤを守ってくれるんでしょ？　こんな薄汚い村で大事な靴を汚したくないんだもん、ここにいるわ」

「そんな理由で――ッ！」

じゃあなぜついてきたんだ。アレスは怒りに任せて叫ぶのを、ギリギリ踏みとどまった。

ホムラは村へ足を踏み入れながら、隣を歩くサイコに囁《ささや》く。

「アレスさんたち置いていって大丈夫ですかね？　今にも斬りかかりそうですけど」

アレスが怒りっぽいのは、正義感が強いからこそだ。自分の判断だけで斬り伏せることはないだろうが、やはり不安はある。

「殺してくれりゃハッピーエンドだろ」

「そういうわけにもいかないでしょ、もう……」

村は血のにおいだけを残して、住人が忽然《こつぜん》と消えたようだった。漁に使う網が干され、獲《と》った魚を詰める箱は積まれたまま。洗濯物も干されている。なぜかどの家もドアが開いているが、しかし荒らされているような形跡はない。

「どう見ても盗賊の仕業じゃねえな。あのクソガキ、思ったより厄介なこと押し付けてきやがったぞ」

村の中をどこまで進んでも、誰一人として姿を見せない。潮騒《しおさい》すら掻《か》き消すほどの重たい沈黙が、開け放たれたドアから垂れ流されている。おそらく、その奥に住人だったものがあるはずだ。においがそう告げている。生存者がいないか呼び掛けようにも、この惨状を生み出した者がまだ居座っている可能性がある。下手に声を上げられない。

警戒しつつ足を進めていると、先陣を切っていたジンの足が止まる。

「いたぞ」

ジンは腰の刀に手を添えた。

静まり返った村の中心に、うずくまる人影がある。

「……鬼？」

ホムラには、その男が鬼に見えた。

額から伸びる二本の黒角、赤みを帯びた肌、尋常でない屈強な筋骨。手には紅色の刀身の刀を持っているが、巨躯《きょく》の男が持てば木の枝のようにか細い。

ボロボロの衣服は返り血で染まっており、浴びてからかなり時間が経《た》ったのか茶色いシミになっている。

鬼はようやくこちらに気づいたようで、驚いたのか、びくりと身体を跳ねさせた。遠目でも分かるほど鬼の目は虚《うつ》ろだったが、どこか怯《おび》えたような、何かに耐えているかのように歯を食いしばっている。

目と目が合った瞬間、鬼の目はギラついた光を灯した。

――殺される。そう思ったときにはすでに、耳障りな金属音が耳を打っていた。

「下がっておれ！」

いつの間にか、眼前でジンと鬼が鍔《つば》迫《ぜ》り合いをしている。

速すぎる。目で追える瞬発力ではない。

「砕けろォッ！」

一瞬遅れて反応したプロトが、渾身《こんしん》の力で戦鎚《せんつい》を振るう。だが鬼の姿はそこにはなく、空を切る凄《すさ》まじい音だけが通り過ぎた。

反応速度すら異常だ。まともに攻撃していては、まず当たらない。ホムラはダメ元で杖に炎を込める。

「燃えろぉおおおおおおおお――ッ！」

加護で熱さに耐性があるとはいえ、それを凌駕《りょうが》する灼熱《しゃくねつ》の炎を噴き出した。

戦鎚を飛び退《との》いて避けた鬼の、着地するまでのほんの僅かな瞬間を狙う。いくら素早くとも、空中にいれば避けられない。……そのはずだった。

鬼は何を思ったのか、刀を勢いよく振り払う。すると刀身から赤い霧が爆《は》ぜ、生み出した突風で炎を吹き飛ばしたのだ。

「嘘《うそ》ぉッ！」

ホムラは驚愕《きょうがく》と風圧に腰を抜かした。

炎が効かないことに驚くしかなかったが、それだけではない。遥か後方で激しい物音が鳴ったのだ。何かが壊れるような音に振り向けば、家屋が分断されているのが見えた。斬り口周りには、飛沫《しぶき》のような血痕がある。爆風だと思っていた衝撃は、血でできた斬撃の余波だったのだ。

「ひ、ひぇ……」

「もう一度言うぞ。下がっておれ」

「でも！」

一人じゃ無理。そう言いたかったが、なんの助力にもならないのも事実だった。むしろ足を引っ張ってしまう。

「ジン一人じゃ無理でしょ」

プロトだけは戦鎚を構える。

「あんまり長引かせんなよ」

「頑張って、ね……！」

サイコとツツミは少し離れたところに座り、観客と化した。

「もっと仲間を助けようとか……。いや、そうですよね、邪魔ですよね……」

ホムラも観念して観戦する。

邪魔が入らなくなった鬼との戦いは、激しさを増す一方だった。

ジンは研ぎ澄まされた剣術の使い手だが、鬼の方はまるででたらめだ。刀は怪力で振り回されているだけで、剣術という言葉とは無縁の無茶苦茶《むちゃ》な軌道を描いている。未《いま》だ無傷であるのも反射速度に任せて飛び退いているだけで、ジンのように紙一重で躱《かわ》しているわけでもない。

だが、それでも強い。

ジンの刃《やいば》があともう一歩のところまで届くのは、プロトの剛撃によって隙を作ったときだけだ。地を砕くほどのプロトの戦鎚を、鬼は大きく避けざるを得ない。その一瞬の隙を突いて、ジンは踏み込む。また、鬼が動きの鈍いプロトを狙えば、ジンはその隙を見逃さない。

しかし、互いに切っ先を掠らせることすらなく剣戟《けんげき》は続いていく。その命懸けの戦いの最中、プロトは言った。

「ジン、笑ってるよ」

ほんの微かにだが、口角が上がっている。気を抜けば死んでしまうかもしれない。その状況で戦いを楽しんでいた。

「戦いに集中しろ」

「はいはい」

しかし楽しんでいたところで、ジンは本気で相手を殺そうとしている。膠着《こうちゃく》状態ではあるが、一振りたりとも急所を狙わない太刀筋はない。

一方で鬼はなぜか、先ほどのように血の刃《やいば》を飛ばしてはこない。奥の手だったのだろうか、使う条件があるのか。ともあれ、まともに当たれば致命傷は免れない一撃は絶えず繰り出している。

互いに一歩も譲らない。しかし、ジンの目は見逃さなかった。

このまま均衡が続くかと思われた次の瞬間、状況は一変した。ジンの刀の切っ先が鬼の右手首を斬り飛ばしたのだ。体力が尽き始めたのか、鬼のほんの僅かな動きの鈍りをジンは見抜いたのだった。

鬼の右手は、刀を力強く握りしめたまま地面に転がる。

「やった、これは勝ちましたよ！」

勝ちを確信し、ホムラは歓声を上げる。

「終わりだ」

鬼退治を終わらせようとするジンは、鬼の首筋を狙って踏み込む。切っ先は地面を滑るように走り、鬼の太首を落とさんと翔《か》けた。

――だがそのとき、ふいに鬼の口が動いた。

「――」

短く、小さな声で言う。何と言ったのか、ホムラたちには聞こえなかった。

だがジンの刀は鬼の首の薄皮を裂いただけで、ぴたりと止まる。

「ジン！」

驚愕を顔に張り付けていたジンは、鬼の左腕が振りかぶられていたことに気づいていなかった。

プロトの警告も空《むな》しく、鈍い衝撃音とともにジンは殴り飛ばされる。

「ぐぅッ！」

呻《うめ》き声《ごえ》を漏らしつつも空中で身体を捻《ひね》り、滑るように着地した。砂埃《すなぼこり》が舞い、ゆっくりと流れていく。

ジンの右腕は折れてはいないようだったが、だらりと垂れて震えていた。ジンは痺《しび》れる手を辛うじて開き、刀を左手に持ち替える。

「今度こそ加勢しましょうよ！　殺されちゃいますよ！」

ホムラは呼びかける。

「二人で、十分だ……」

苦痛が混じる声で、ジンは申し出を払いのけた。

「ジンさん……」

ジンと鬼は負傷しているが、無傷のプロトがいる分、こちらが有利だった。だが鬼もしぶとく、唸《うな》り声《ごえ》を口から漏らしながら、転がった刀を左手で握る。

そこで鬼は、唐突に妙なことをし始めた。まるで操られているかのようなぎこちない動きで、刀身を斬り落とされた右手首の断面に這《は》わせたのだ。

根元から血が塗られていく紅色の刀身は、さらに鮮やかな赤色を纏い始める。すると刀身が、まるで生きているかのように脈打ち始めたのだ。ホムラたちは目を疑った。

鬼の刀が纏《まと》う血は蠢《うごめ》き、凶悪な刀身を形作っていく。ついには赤い大太刀となった血刃は、鬼の身の丈を超すほどの長さになった。

「ちょっとまずいんじゃない？」

「どうだろうな。おそらくあちらは命を削っておる」

ジンの言うように、血刃は鬼の血を吸い上げて作られたものだ。おそらく鬼の命はもう長くはない。だがそこまでする以上、鬼は確実に殺しにくる。

体力も血も消耗しているというのに、鬼の動きは先ほどより機敏だった。まるで何かに衝《つ》き動かされるように刀を振る。刀はリーチも鋭さも増し、触れた地面に深く赤い溝を作った。

とはいえ、鬼は隙だらけだった。片腕で長大な武器を扱うには無理があるのだ。打ち付けるように、何度も鬼は血刃をでたらめに振り回す。

それなのにジンは、攻めあぐねていた。プロトが隙を作ったとて踏み込みが浅く、刃《やいば》は届きそうにない。

「ジン、さっきからおかしいよ」

「分かっておる」

ジンは刀を握り直したものの、表情は苦い。片腕が使い物にならずとも、入隊試験のときは嬉々《きき》として刀を振るっていた。だが今は違う。明らかに戦うことを迷っている。ギュッと聞こえそうなほど力強く刀を握る手は、それでも斬らねばならないことへの葛藤を示していた。

ジンの動きが鈍った分、鬼はプロトにも襲い掛かるようになった。己を叩《たた》き潰《つぶ》さんと振り下ろされた戦鎚を避け、拳のない右腕で硬い鎧《よろい》を纏うプロトを殴り飛ばす。

「こいつッ！」

プロトは遠く弾《はじ》き飛ばされ、束《つか》の間《ま》、鬼とジンは一対一で剣戟《けんげき》を繰り広げた。二人の動きは速すぎて、依然としてホムラたちが間に入る隙はない。

お互い手負いだからか、徐々に切っ先が届き始める。血の飛沫《しぶき》を薄く舞い散らし、地面に細く赤を描いた。しかし、互角ではない。鬼の刀は、ジンを斬る度に血を吸い上げ、刀身を鍛えていく。

このままではジンが負けてしまう。遠巻きに見ていたホムラがそう思った矢先、鬼の動きに異変が起きた。

足取りが急におぼつかなくなったのだ。血を流しながら激しく動いたからだろう。

「殺《と》った！」

確実に仕留められる隙ができた。

ジンは首を斬り飛ばさんと一気に踏み込み——一瞬だけ躊躇《ちゅうちょ》した。

追い詰められた鬼はがむしゃらに抗《あらが》っており、暴れ回る刃《やいば》が偶然にもその一瞬にジンに届こうとした。

しかしその一撃がジンに届くことはなく、鬼の身体は地面に潰れていた。

2024
1
January
スニーカーNAVI

でも彩人《モブ》の側が
一番心地いいから

第8回
カクヨ
Web小説コン
ラブコメ
大賞

新作

俺の幼馴染はメインヒロインらしい。

3pu　イラスト／Bcoca

彩人の幼馴染・街鐘莉里は誰もが認める美少女だ。共に進学した高校で莉里は運命的な出会いをしてラブコメストーリーが始まる……はずなのに。「彩人、一緒に帰ろ！」なんでモブのはずの自分の側にずっといるんだ？

KADOKAWA

※仕様・特典は変更がある場合がございます。

2024年2月1日発売の新刊
一番彼をドキドキさせてるんですけど!?
恋愛相談役の親友♀に、
告白されたことを伝えたら2
紫ユウ　イラスト／ぶし

と一緒に青春をやり直さないか?」
園青春リベンジ、開幕。
第8回
カクヨム
Web小説コンテスト
エンタメ総合部門
特別賞!
作
ンドをクビにされた僕と
しJKの青春リライト
元同級生で推しアーティストの後を追うように自殺した……はずが、気がついたら高校時代にタイムリープしていた芝草融。最悪の未来を変えるため、推しJKにバンドを組もうと提案するのだが……。
みう　イラスト／葛坊煽

ね、私たち
普通じゃないから
一緒にダメになっちゃわない?
新作
君を食べさせて?私を殺していいから
十利ハレ　イラスト／椎名くろ
有町要は原因不明の
動で普通の高校生活
ずにいた。クラスメ
日雫に声をかけられ
も同じく原因不明の
力と吸血衝動に悩
た。まるで狼男と吸
女から互いの衝動を
合う提案をされ——

最強
爆焔娘
今度は海で悪を焼却!
沸騰の
賞
受賞作
2幕!!
が焔炎《ホムラ》にひれ伏せ世界
.2 魔王軍、ぶった斬ってみた
らぎひよこ　イラスト／Mika Pikazo・徹田
なんだかんだで異世界に順応し好き勝手しまくる爆焔娘ホムラたちは次なる任務で港町へ。魔物の襲撃事件の調査に訪れた一行を待っていたのは……サメと妖刀とスクール水着!?　カオスな状況も圧倒的火力で焼却せよ!

彼女はまだ
知らない——
自分が天才だと。
新作
日陰魔女は気づかない
～魔法学園に入学した天才妹が、姉はもっとすごいと言いふらしていたなんて～
相野仁　イラスト／タムラヨウ
王都暮らしがうまくいかず
引っ越した魔女アイリ。しか
舎暮らしこそ、アイリの才能
舞台だった!仲良くなった
たちの力を借り、魔獣退治に
善……住民にも慕われ始め

0回 スニーカー大賞作品募集中!
賞300万円
コミカライズ確約
00万円 銀賞50万円 特別賞10万円
2024年3月末日
詳しくは
締切必達!!!
ザ・スニWEBへ
https://kdq.jp/s-award
きみの紡ぐ
物語で、
世界を変えよう。
イラスト/カカオ・ランタン

LINEやってるよ!
お友達登録してくれた方には
LINEスタンプ風画像プレゼント!
新刊情報などを
いち早くお届け!

月刊ニュータイ
Newtype
THE MOVING PICTURES MAG
2月
1月10日水発
POWER PU
メタリックルー
異修
ぶっちぎ
戦国妖
傷物語 -こよみヴァン
映画 ギヴン 柊
陰の実力者になりたく
2nd Seas
表紙&巻頭特集
劇場版
SPY×FAMILY
CODE: White
MAMORU NAGANO'S
The Five Star Stories
永野護

「戦いに集中しなよ」

　ようやくプロトの攻撃が当たるほど鬼は鈍くなり、駆けつけたプロトはすかさずその身を叩き潰したのだった。

　ジンは皮肉を言われてもどこか上の空で、戦鎚の下敷きになっている鬼の姿を呆然《ぼうぜん》と眺めている。

「僕たちが殺さなきゃ、ホムラとツツミが殺されてたよ。サイコはどうでもいいけど」

「そうだな……」

　プロトは冗談を言ってみたが、予期した反応は返ってこない。

「もー、しっかりしてよ。今ので殺し合いだから楽しいわけじゃないって分かったでしょ？」

「だから言っておるだろう。殺しを愉《たの》しんではおらん。愉しんではならんのだ」

　目を逸らし、自分に言い聞かせるように呟《つぶや》いた。

「お疲れさん」

　戦闘が終わり、サイコがジンの怪我《けが》を治療する。ジンは無言のまま、治癒魔術を受けた。

「あいつに何て言われたんだ？」

　サイコの目は誤魔化《ごまか》せなかった。あの一言で、ジンの様子がおかしくなったのだ。

「それは……」

言い淀《よど》むジンに代わり、プロトが答える。

「『助けてくれ』ってさ」

「そんなとこだろうと思ったよ」

サイコは、鬼の姿をじっくり観察していく。

「とりあえず、どっかに鞘《さや》はねえか？」

ホムラが言われるまま見渡すと、驚くほど簡単にそれは見つかった。

「ありましたよ、鞘！」

「でかした！」

ホムラは見つけた鞘を渡す。その鞘は、気品と禍々《まがまが》しさを兼ね備えた装飾が施されていた。

「これが呪物——妖刀ってやつか。おそらくこいつは、この刀のせいでおかしくなった村の奴《やつ》だろ。服が村の奴らと同じだ」

サイコは干されていた洗濯物を指し示した。

「ったく、あのクソガキ、御大層な『コレクション』持ってんな」

鬼の手からこぼれ落ちた刀を睨《にら》みつける。刀の持ち主が息絶えたからか、刃《やいば》となっていた血は溶け、地面の染みとなっていた。

「呪物……って、鞘触っちゃったんですけど！」

「鞘は大丈夫だろ。呪い垂れ流しなら、誰かの手に渡った時点で大惨事になっとるわ。こういうもんは封印する手段があるはずなんだよ」

「へえ、アニメとか漫画みたいですね」

「アホか、常識で考えろ」

オタク的思考を咎《とが》められていると、ジンが消え入るような声で呟いた。

「こやつは、戦いたくて戦っていたわけではない……」

「斬るべき『悪』じゃなかったってか？」

ジンは無言で肯定し、サイコが持つ鞘を手に取った。

「おい、刀の方には迂闊《うかつ》に触るなよ？」

「大丈夫だ、確証はないが」

「ないのかよ！」

夥《おびただ》しい量の血を吸ったであろう、紅色の刀。それをジンは、躊躇《ためら》いなく手に取った。

その瞬間、ジンの視界は赤黒く染まり、自分の意思に反して手が柄を握りしめた。まるで刀の方が、ジンを逃すまいとしているようだった。

「やはり、そういう類の妖刀か」

握った途端に、周囲にいるホムラたちにぼんやりとした人影が重なった。妖刀が何かを見せているのだろう。ジンは直感的にその人影を見ることを恐怖し、目を逸らす。

しかし、手に取った者を人斬りに導く妖刀であるのは確かだが、不思議と鬼のように衝動的に戦おうとは思わなかった。それどころか、自分の意思で握りたいと思える、妙なざわつきが胸に芽生えたのだ。魅入られるのではなく、惹《ひ》かれるような。

力強く握りしめすぎて震える手で、妖刀を鞘に納める。すると、今までの強張《こわば》りが嘘《うそ》のように解けた。

「ふう、これでもう大丈夫だろう」

「お前までバケモンになったらどうするつもりだったんだよ。内心焦ってたんだぞ、おい」

「すまん。だが不思議と魅入られる気がしなかった」

自分でもなぜそう思ったのか分からないようで、ジンは怪訝《けげん》な面持ちをしている。

ジンは柄を何度も握っては放し、握っては放した。本当になんともないようで、刀身を鞘に納めれば呪いは発動しないようだ。

どういう意図で作られた刀なのかは知る由もない。だが、悪意だけは感じ取れる。

事情を知らない誰かが、漂着した妖刀を抜いてしまったのだろう。その結果、村が死に絶えたのだ。

ホムラたちは桟橋に戻った。

エリーリヤに問いただすことがある。回収作業はその後だ。

「くっせ！」

だが桟橋は、村の中より濃密な血のにおいに満ちていた。

「サイコさん、海が……」

海が赤い。何かの肉片と金属片のようなものがそこかしこに浮かぶ海面からは、鼻が曲がりそうなほどの悪臭が放たれている。まるで血の中を泳いでいるようだ。

そんな状況でエリーリヤは、船べりに座りのんびりと海を眺めていた。

「あら、なんで平気で帰ってきてるの？　刀……は持って帰ってきたみたいね」

悪びれる風でもなくそう言ってのけるエリーリヤを、五つの視線が刺す。

「なァに、その目は？　魔物が船を沈めなかったら、こんなことにはならなかったのよ？」

だからこそ、怒りをぶつけようにもぶつけられないのだ。この少女が自分たちにした仕打ちには虫酸《むしず》が走るが、惨状を作り出した原因は船を沈めた魔物にある。エリーリヤはいわば、被害者でもあるのだ。

ホムラは、行き場のない怒りを押し殺す。

「それよりリアンさん、これって……何が起きたんですか？」

海は尋常でないほどの血で染まっている。

「これね、ホムラが報告してたサメ魔獣が襲ってきたのよ」

「なるほど……。とにかく無事でよかったです」

見たところ負傷者はおらず、襲撃があったのにもかかわらず落ち着き払っている。新人隊士とは思えない風格だ。一体や二体どころではない魔獣相手に、ここまで危なげなく戦えるとは……。

ところが感心しているホムラに、アレスは小さく告げた。

「勘違いしているだろうから言っておくぞ」

「勘違い？」

ホムラは首を傾《かし》げる。

「あの娘が一人で迎え撃った」

「はあッ？」

エリーリヤに目を向ける。少女はまたもバカンスをしているかのように海を眺めており、こちらのことなど意識の外だ。しかし、その腕には針拳《はりけん》をはめている。

「自分で『守って』って言ってませんでした？」

「ああ、それは格の違いを見せつけるためだけの建前だろう」

わざわざ自分を守らせようとし、目の前で実力を見せつける。守り通すと言い放った男の鼻を明かすために。

「性格悪いですねー……」

「お前が言うな」

「ぐっ、否定できない」

エリーリヤほどではないと思いたい。

「とはいえ、数体は仕留め損なっている。逃げた魔獣が報復に来るかもな」

桟橋の事態を把握したところで、ジンは動いた。

「これは返すぞ」

エリーリヤのもとへ歩み寄り、携えていた妖刀を突き出した。

「刀持ってた奴、どんな様子だった？」

「正気を失い、異形と成り果てておった」

ジンは、今にも斬り殺しそうな声で告げる。

「魔物になる呪いが掛かってるとは聞いてなかったわ。エリーリヤが聞いてたのは、抜いた者の恐怖を膨らませるってことだけよ。あーあ、思ってた代物と違ったのね」

受け取った妖刀を、エリーリヤは興味がなさそうに眺めている。

「恐怖を見せるというのは本当だ。某《それがし》が身をもって経験したからな」

「嘘吐《つ》くんじゃないわよ。じゃあなんで平気なの？」

「嘘なんぞ吐いてはおらん」

ジンは毅然《きぜん》とした態度でエリーリヤを見返す。

「ふうん……」

エリーリヤは半信半疑で、そして僅かに楽しそうにジンを眺めた。

「それで、おぬしの目的はなんだったのだ」

「ああ、それね。この刀を握った奴が、エリーリヤをどんな目で見るか気になっただけよ」

「それを某《それがし》で試したかったのか」

「そ、アンタがエリーリヤのことを一番見てなかったからね」

「おぬしが何を言っておるのか、ひとつも分からん」

目的も理解できなかったが、ジンがエリーリヤを見ていなかったとはどういうことだろうとホムラは首を傾げた。広場で制裁ショーが催されているとき、ジンはこれでもかと殺気を込めた視線を向けていたはず。それなのに「一番見てなかった」とは矛盾している。

「アンタには理解できなくても、エリーリヤには大事なことなの」

エリーリヤは、初めて真面目な顔を見せた。その目には、強い光が宿っている。

「まあいいわ。期待してたものじゃなかったから本当にいらないわ、これ」

だが当然、いらないと突き返された刀は誰も受け取らない。

「おぬしの所有物であろう。おぬしの手で処分しろ」

ジンは冷静になろうと努めていたが、言葉と声色に棘《とげ》があった。斬りかからないだけましだったが。

「じゃあ捨てちゃおうかしら」

刀を海に落とそうとするエリーリヤの手から、ジンはそれを荒々しくぶんどった。

「そうそう、はじめからそうしてればいいのよ」

歯を剝《む》き出しにし、嬉しそうにジンの顔を覗《のぞ》き込む。

人を馬鹿にするのにもほどがある。だが、嬉しそうな理由はほかにもあった。

「ねえアンタ、この妖刀がなんで恐怖を突きつけてくるか分かる？」

「知らん」

「人を襲わせて、その血を吸うためよ。魔物になるっていうのも、その一環でしょうね」

「それがどうした」

「つまりはね――」

エリーリヤはいやらしくもったいぶって、間を置いた。

「アンタが完全に魅入られなかったのは、そもそもアンタが血を吸わせてくれそうな人間だからよ」

「違う！」

ジンは激昂《げっこう》した。

ここまで感情を露《あら》わにするジンは初めて見る。一瞬、誰が怒号を発したのか分からなかった。

「どうかしらね？　普通なら抜き身のこれを握った時点で魅入られるって聞いたわ」

殺しを求めているわけではない。だが、ジンはこの妖刀を握ったとき、確かに惹かれるものを感じていた。それ自体が呪いのせいだったのか、単なる気のせいなのか。もう一度握って確かめる気にはならなかった。

「アンタなら使いこなせるんじゃない？　この『緋雨《ひさめ》』をね」

その言葉は称賛ではなく、嘲笑であった。

八章　『ウォーキング・ジョーズ』

The Devil's Army, Decimated
By My Flame the World Bows Down

ホムラたちは、再び浜辺にいた。今度は遊びではなく、仕事でだ。

漁村からオーレリークへ戻ったホムラたちは、夜間の見回りを命じられた。漁村で仕留め損なった這鮫《はいざめ》がいることから、エリーリヤのいる町自体も襲撃対象になる可能性を考えてのことだ。

港町は昼間とは打って変わって、息を潜めるような静けさが漂っていた。今では、閉じられた鎧戸《よろいど》から漏れ出る光だけが、この町の活気を思い出させる。

空には満月が浮かび、思いのほか明るい。哨戒《しょうかい》任務にはもってこいの夜だ。それにもしものことがあれば、岬にある鉱石灯台も灯る。

海に映り込む満月が、さざ波によって揺らめく。思わず見とれてしまう景色だが、今だけはかえって胸騒ぎを呼び起こした。愛着のある町を壊されたくないという気持ちが、景色の美しさに悪い前兆を見出《みいだ》させるのだ。

とはいえ、夜の見回りを開始してからしばらく経つが、何も起きない。油断してはいけないとは思っているが、どうしても気が緩んでしまう。

「結局あの子がやりたかったこと、よく分かりませんでしたね」

海を眺めながら、無駄話に興じる。

「考えても無駄だ。理解できん人間なぞいくらでもおる」

「そうですけど、なんか気になっちゃうんですよね」

妖刀を渡した後、結局ほかのコレクションは見向きもされていなかった。エリーリヤは本当に最初から、妖刀緋雨《ひさめ》だけが気掛かりだったのだろう。ホムラたちは漂着した武具だけをざっと回収し、すぐさま町に戻ったのだった。

「血に飢えた妖刀緋雨《ひさめ》、か……」

ジンは腰に帯びた緋雨《ひさめ》に手を掛ける。未《いま》だ妖刀に感じる何かを確かめる心構えはなかった。

頭の中が突然晴れることはなく、答えは自分の手で掴まなければならない。

「それでジンさん、それどうします？」

ホムラは妖刀を覗き込む。

「とりあえず呪術院に預けるとしよう。呪いの扱いに長けておるのだろう？」

「そうですよ、うちには呪物のスペシャリストがいますよ！」

知人が頼られ、ホムラは得意げになった。

「魔王討伐以外にやるべきことが増えたな。某《それがし》は妖刀を探す。このような悪意に満ちた者が、妖刀を一振りだけしか作っていないはずがないからな」

「あっ、確かに。それじゃあ、今回みたいなことがまた……」

漁村の凄惨な光景を思い出す。妖刀に限らず、呪物が野に放たれれば無関係の人間に災難が降り注ぐ。それはあってはならないことだ。特に妖刀は武器で、そもそも何かを傷つけることを目的に作られている。

「差し当たり、緋雨《ひさめ》を打った刀鍛冶を斬る。生きておればな。禍根は絶たねばならん」

ホムラは、固く誓うジンの顔を見た。いつもの仏頂面ではあるが、確かに悪に対する憤怒が感じられる。いつもの表情とは微《かす》かな違いしかないが、月明かりだけでなく灯台の光もあるのでよく見えた。

「……え？」

心臓が跳ね上がる。

遠くの灯台を見やると、天辺《てっぺん》にある巨大な鉱石が爛々《らんらん》と輝いていた。それは「もしものこと」が起きたときに灯る光だ。

「おい、アレはさすがにまずいんじゃねえか？」

サイコが指さす先には、目を疑う光景が。それを見た瞬間、ホムラたちは町に向かって走っていた。

海原を裂いて進む、荒々しい刃《やいば》の群れ。それは港を目掛け猛然と泳ぐ、数えきれないほどの這鮫《はいざめ》の背びれだった。

「やっぱあのクソガキ狙ってんだろ、復讐《ふくしゅう》しによォ！　あいつ港に吊《つ》るしとけば解決すんじゃねえかッ？」

「いやいや、サイコさんが子ザメいじめたからっていう可能性もありますよ！」

「んなわけねえだろ！　え、あれアタシのせいじゃねえよなッ？」

「とりあえず謝りましょう！　一緒に謝ってあげますから！　それで駄目なら頭とかかじらせてあげてください！」

「いじめってのはな、止めなかった奴《やつ》も同罪なんだよ！」

「でも直接いじめてた本人が一番悪いですよね！」

ホムラはこの機に乗じてサイコを生贄《いけにえ》にしようと試みたが、サイコは必死に抵抗した。

ついには鐘の音が静寂を破る。魔物の襲撃を告げる鐘だ。

突然の襲撃だが、トーレクたちによる周知が徹底されていたのだろう、住人たちは悲鳴を上げはするものの、迷いなく避難場所へと走っていく。すでに大勢の住人が、大風車の中や城壁の上へと避難しているのが見えた。城壁へは見張り塔や城門付近から上へと上れるようになっているようだ。

出島の方へ目を向けると、衛盾隊《えいじゅんたい》がサメ魔獣と交戦していた。

這鮫《はいざめ》の成体は、ホオジロザメを一回り大きくしたほどの大きさで、その体表は堅牢《けんろう》な甲冑《かっちゅう》のように硬質化した皮骨に覆われている。

熟練兵はなんとか迫り来る魔物を撃退している。彼らの持つ大剣は大ザメの胴を断ち切り、戦鎚《せんつい》は頭を叩き砕いた。だが、相手の数が多すぎた。事切れた同胞をかき分け、次から次へと襲い掛かる魔物に、隊士たちはじりじりと後退せざるを得なかった。

頑強な金属鎧すらも、その鋭利な牙の前では紙切れ同然であった。しかし殺すことに執着していないのか、動けなくなった者は無視して前へ前へと進んでいく。

「先に行っておるぞ」

「あ、待ってよ！」

その光景を見て、ジンは一際足を早め一人先へ。プロトも地面を揺らすほどの力で地を蹴り、ついていく。

優勢になりつつあるサメの軍勢は、勢いのまま出島と町を繋ぐ大橋へ雪崩《なだ》れ込む……かと思いきや、そうはしなかった。

まず手始めに、出島の倉庫群を破壊し始めたのだ。

鉄扉を噛み砕き、石壁を体当たりで粉砕する。破壊行為が行われる度に轟音《ごうおん》が鳴り響き、ホムラたちの肌をビリビリと震わせた。

「あれ？　人狙いじゃなくて物を壊す感じなんですかね？」

「なーんか違和感あんな」

サイコの言う通り、魔獣の行動には微《かす》かに違和感があった。

しかし破壊行為に注力してくれるおかげで、負傷者を撤退させる猶予があったのは好都合だった。動けない者は余力のある隊士が連れ、町の中へと逃げていく。とはいえ、態勢を立て直すほどの時間はない。サメの軍勢は、出島の倉庫群を壊しつくすと大橋へと進み始め、瞬く間に町中へと侵入していった。

衛盾隊《えいじゅんたい》は撤退しながらも、避難する住人を守っている。ジンとプロトもそれに加わり、魔獣を斬り伏せ、叩《たた》き潰《つぶ》す。

魔獣たちは港区画を抜けても、その大半は破壊行為に精力を注いでいた。そのおかげで致命的な状況にはならず、ぎりぎり踏みとどまれている。

「各自やれることをやれ！」

襲撃区画にたどり着いたホムラたちは、サイコの号令とともに散開した。

サイコたちと別れたホムラは、撤退していく隊士の援護を始めた。

少数のサメは群れから突出し、逃げ去る隊士の追撃を担っている。手の空いている隊士はおらず、それを迎撃する者は少ない。

逃げ遅れた隊士に食らいつこうとするサメに、ホムラは杖《つえ》を向けた。

「あなたたちさえいなければ、あの村は！　このフカヒレがぁあああああああ――ッ！」

杖から噴き出された業火がサメを呑《の》み込んだ。サメは瞬く間に黒焦げになり、地に伏す。

後続のサメたちも一瞬竦《すく》み、足が鈍った。

「助かった、ありがとう！」

ホムラは撤退していく隊士らを背中で見送り、再び杖に炎を込める。

せめて手が届く範囲では、惨劇を止めてみせる。

「さあ、お次は誰が――」

「グォオオオオオオオオオ――ッ！」

しかし、倒れていた黒焦げのサメが吼《ほ》えた。

まだ死んでいなかったのかと考える間もなく、眼前にはこの身を噛み砕かんとする顎《あぎと》が迫っていた。まるでスローモーションの映像を見るように、鋭利な牙の並びを眺めている。死を予感したときにはもう、目を閉じ身を強張《こわば》らせることしかできなかった。目の前が真っ暗になり、噛み砕かれるのを待つだけ。

時がゆっくりと流れる。せっかく二度目の人生を歩み始めたのに。そこそこ楽しく過ごせているのに。三度目の人生はあるのだろうか。死が訪れるまで、そんなことを呑気《のんき》に考えていた。

だが、いつまで経《た》っても身体が砕かれることはない。

杖が石畳を打つ音が聞こえた。身構えたときに、手から滑り落ちていたらしい。永遠にも感じられた暗闇の時間は、手から落ちた杖が地面に落ちるまでのほんの一瞬のことだった。

ホムラはおそるおそる目を開ける。

次第に光を取り戻していく視界。そこには、一人の戦士が立っていた。

闇夜のように黒く、重厚な鎧。兜《かぶと》には牛角を思わせる湾曲した雄々しい角が生えている。手に握られているのは飾り気のない無骨な大剣で、鈍器と見紛《みまが》うほど重々しい鉄の塊だ。その武具には見覚えがある。初めて駐屯所を訪れたとき、隊士たちが洗っていたものだ。

今は再び血に塗《まみ》れ、数多《あまた》の魔獣を屠《ほふ》ってきたことを物語っていた。

　ホムラはふと気づく。戦士の奥で、今まさに自分に襲い掛かっていたサメが、頭から尾まで真っ二つに両断されていることに。

「いやあ、間に合ってよかったよ。大丈夫かい、ホムラちゃん？」

「その声は……トーレクさん？」

　にわかには信じられなかった。頼りなさそうな男にしか見えなかったトーレクが、どうしても眼前の重戦士の姿と重ならない。

「おっと、今は話す余裕はないんだった」

　トーレクは身の丈ほどの大剣を軽々と振り回し、次々とサメを屠っていく。

「おじさんが守ってあげたいところだけど、その役は期待の新人に任せるよ。じゃあね！」

　そう言うと、トーレクはサメを斬り伏せながら町を下っていった。

　期待の新人。それは彼らしかいない。

「ホムラ、無事だったのね！」

「リアンさん！」

　入れ違いになるように、アレスたちの部隊が到着する。

　後方から来たということは、アレスたちも撤退する隊士の援護をしていたのだろう。

「アレス様が来たからにはもう大丈夫よ！　ここから先の魔獣はすべてアレス様が薙《な》ぎ払《はら》うんだから！」

「さすがに無理だぞ」

「そうなの、無理なの！　まだ成長途中だからね！　でも明日にはできるようになってるわ！」

「成長速度がえげつないですね……」

そうは言うものの、四人全員の息は上がっており、すでに激しい戦闘があったことが分かる。

アレスたちは自分たちと同じで、初任務で過酷な戦場に放り込まれた。だが今は同情している時間はない。やれることをやらなければ。

ホムラは周囲を見回した。この辺りは小風車が横並びに建っており、入り組んだ町には珍しく、横に長い開けた道がある。

「すみません、風車の羽根、落とせますかッ？」

妙案を思いつき、弓兵少女に協力を求めた。

「なんかよく分かんないけど、任せて！」

意図を聞くこともせず、少女は眼を見開き、迅速に矢をつがえる。

大弓の弦《つる》がギリッと音を鳴らしたかと思うと、次の瞬間には風切り音とともに風車の軸が弾け飛んでいた。軸が壊された羽根は地に落ち、音を立てて砕ける。

弓兵少女は次から次へと風車を壊していき、ついには道に砕けた風車の羽根の連なりができた。

「これだけあれば……！」

「おい、どうするつもりだ」

目の前の不可解な状況に、アレスは戸惑う。

「炎の壁を作ってサメたちの足止めをします！　なので私を守ってください！」

「まさか、この長さの壁をか……？　いや分かった、死ぬ気でお前を守るから、お前も死ぬ気で壁を作れ！」

「はい。文字通り死ぬ気でやります。それと、私の様子がおかしくなったときは、躊躇《ためら》いなく斬ってください」

今回はトランス状態に陥らないための秘策を用意しているが、どれほど効果があるのかは分からない。

「はあッ？　言ってることは分からんが、正気なのかッ？」

「あ、やっぱり気絶させるくらいでお願いします……」

斬られるのはやはり怖かった。

怪訝《けげん》な顔をするアレスを差し置き、ホムラは杖を頭上高く掲げる。

「今から逃げようとする人ごめんなさい！　頑張って生き延びてください！」

詠唱が必要なほど難度の高い魔術ではないが、ホムラはテンションを上げるために思いついた呪文を高らかに言い放つ。

「《猛《たけ》り狂う炎の壁よ、平穏を脅かす悪《あ》しき者どもの行く手を阻め！》」

そして掲げていた杖を流れるような動作で傍らに置き、冷え冷えとした石畳に両手をついた。

「《紅蓮牢獄《ぐれんろうごく》！》」

「杖使わないのかよ！」

「ノリでやってますから！」

実際、ホムラの炎は気分によって火力が左右されるので、ノリは重要だった。

地面についた手から炎が噴き出し、燃え盛る炎の柱となった。その炎柱は連なる木片に沿って左右に延びていき、聳《そび》え立つ炎の壁を形作っていく。炎音が轟《とどろ》き、炎熱が空気を揺らめかせる。見る者に恐怖すら与える業火の壁。

ホムラは超能力として炎を出すのは得意だが、それを魔術で操るのは不得意だった。そこで木片を利用して炎の指向性を定め、負担を減らしたのだ。

「無茶苦茶《むちゃ》だな……」

「ええ……。こんな規模の魔術、金徽章《きしょう》位を超えてるんじゃ……」

城壁まで届きそうな炎の壁に圧倒され、二人は思わず呆然《ぼうぜん》としてしまった。

そんな二人を、巨漢戦士と弓兵少女が現実に引き戻す。

「二人とも！　魔物が来てるよ！」

「あたしの見える範囲じゃ、十二、三は来てる！」

弓兵は大弓を担ぎ、家屋の屋根から見渡している。

炎の壁に阻まれたサメは、目ざとくその発生源を突き止め、通りを猛然と突き進んできていた。

「すまない。それでは任務を遂行するとしようか」

落ち着きを取り戻したアレスは呪文を唱え、その身に蒼雷《そうらい》を宿した。けたたましい音を発する雷光も、今は地を揺らすような炎音にかき消される。

「リアン、こいつのことは任せたぞ」

「はい」

短く返事をしたリアンは目を閉じ、杖を掲げ呪文を唱えた。

「《壁よ！》」

杖の先端に取り付けられた鉱石が輝き、ホムラとリアンを取り囲むように光の壁――魔障壁が現れた。

這鮫《はいざめ》は魔障壁を打ち破ろうと突進を繰り返すが、堅牢《けんろう》な壁はびくともしない。

「ありがとうございます、リアンさん！」

「ねえ、そろそろその畏《かしこ》まった口調やめない？　もう友達なんだからさ！」

「友達――」

その言葉を聞いて、ホムラの胸の内に優しい火が灯《とも》った。自分はいつから「友達」と呼べる人がいなくなったのだろう。サイコたちのような「仲間」とは別の、もっと温かい関係。自分がそう思ってもらえているだけで、力が湧いてくるようだった。

「分かりました、敬語やめますね！」

「まだ敬語なんだけど！」

「ああ、すみません！　年下の可愛《かわい》い子以外だと、この癖抜けなくて……！」

「どういうことなの！」

魔障壁の外では、三人が這鮫《はいざめ》を討っている。

海方面から次々と迫り来る魔物の群れ。背中には炎の壁。退路がないとはいえ、もとより退く気はない。実戦経験の少ないアレスたちだったが、迫り来るサメ魔獣の群れを圧倒的な実力で迎え撃っていく。

着実に魔獣の数を減らしていくが、連戦に次ぐ連戦で消耗が激しい。

しかしそこに、悲鳴が響いてきた。

声の方に素早く目を向けると、そこには隊士たちが追い詰められていた。オーレリークに来る途中で出会った、爪熊《つめぐま》と戦っていた銅盾隊士《どうじゅんたいし》たちだ。

「《蒼雷《そうらい》よ、貫け！》」

すかさずアレスが剣の切っ先をサメに向け、呪文を唱えた。その瞬間、剣先から眩《まばゆ》い光とともに電閃《でんせん》が放たれる。蒼雷《そうらい》の槍《やり》は狭い道をひしめき合い進むサメたちを貫き、激しく感電させた。

「うおおおおお、やっぱり君は強いな！」

「いつか『あいつは俺が育てた』って言っていいか！」

助けられた隊士は、口々にアレスを称賛する。

しかしアレスには、返答する余裕はなかった。

「お前たち、しばらくは任せたぞ」

アレスは、纏っていた雷電のほとんどを撃ち放った。魔術の連続使用で心身ともに疲弊し、息を荒くして片膝をつく。

「任された！」

二人は間髪を容《い》れずに応え、弓兵少女は魔獣の足を射貫《いぬ》いて動きを鈍らせ、巨漢は手に持つ巨大な斧《おの》で魔獣を叩き斬る。

ホムラたちも連携して戦うことはできるが、アレスたちの連携には及ばない。

「ふう、ひとまず落ち着いたかな」

魔物の流れが途切れた頃には、むせ返るような血臭が辺りに充満していた。気を緩めたわけではないが、巨漢は一息ついた。だがその休息も、一呼吸程度の長さしか与えられない。

「嬉《うれ》しいお知らせだよー。もう数体こっちに向かってきてるー」

呆《あき》れたように戦況を報告する少女。それを受け、アレスはおもむろに立ち上がった。

「何体でも掛かってこい。どれだけ来ようともここは通さん」

アレスの纏《まと》う蒼雷《そうらい》が、再び勢いを増した。

隊士たちが後退しきり、家屋がただ破壊されていくだけの区画。ツツミはそこで独り戦っていた。気兼ねなく毒ガスを散布するためにも、姿を見られないためにも戦場を選ぶ必要があるのだ。

ツツミは倒壊しかけた家屋の屋根から屋根へと飛び移りながら、毒霧を撒《ま》き散らしていく。

「んー、どうしよ……」

眼下には、毒を吸ってもなお蠢《うごめ》く這鮫《はいざめ》の大群がいる。

毒を広範囲に撒《ま》いているため濃度が薄く、這鮫《はいざめ》たちの動きを多少鈍らせるだけで、決定的な足止めにはなり得ない。

「お腹《なか》、空いた……」

魔獣の呻《うめ》き声《ごえ》の合唱に、ツツミの腹の音が混じる。毒を生成するための栄養が足りていない。食事が必要だ。昨日食べた肉串を思い出し、よだれが出る。

目の前の魔獣を食べようにも、落ち着いて食べる状況ではない。どうしようと考えるも、空腹で頭が回らない。

「グアアッ！」

ツツミの身体がぐらりと揺れる。いつの間にか、ツツミが立っている建物にまで破壊の波が押し寄せていた。

「うわ……あ」

ツツミはふらついてしまい、足を滑らせた。真っ逆さまにサメの波に落ちていく。ツツミは抗《あらが》うことなく、鋭い牙に縁取られた口に吸い込まれていった。

強靱《きょうじん》な顎が勢いよく閉じる。口からはみ出していたツツミの片足がぽとりと落ち、石畳を小さく濡《ぬ》らした。

もとより獲物を食べるつもりはなかったサメだが、エサが飛び込んできたのなら話は別だった。これ幸いと咀嚼《そしゃく》し、小さな少女をさらに小さく分割しようと試みる。

――だが身体の中で異変が起きた。今まで経験したことのない激痛と不快感が同時にサメを襲ったのだ。

身体は毒で少し痺れていたが、それを感じさせないほど激しくのたうち回る。周りにいた同胞もその異変には気づいたが、気にも留めず破壊行為を続けるため足を進めた。

サメは飲み込んだ異物を吐き出そうと身をよじらせるが、いつの間にか奥に入り込み、出てくる気配はない。そうしているうちに、サメの身体は一度大きく跳ねた。サメは音を立てて地に倒れ、それきり動かなくなった。

事切れて動かなくなったサメは、腹部だけが不自然に蠢いている。腹の中の異物が暴れているのではなく、まるで探索でもしているかのようにゆったりと。

蠢きはしばらく続いたが、唐突に動きを変える。白い腹が内側から押し広げられるように膨らみ始めたのだ。膨らみは徐々に突起のように鋭くなっていき、次の瞬間、血塗《ちまみ》れの少女が腹を突き破って出てきた。少女の身体には傷ひとつなく、砕かれた骨も、裂かれた肉も、千切れた足もすでに治っている。

「ごちそう、さまでした」

ちゃんと手を合わせ、食事の挨拶を終える。

同胞の腹を破り出た少女の姿を見て、周囲のサメたちはようやく厄介な敵の存在に気づいた。

だが、もう遅い。腹を満たしたツツミは、木の枝のような翼を大きく広げていく。ツツミが奇妙な枯れ木のような異形に成り果て、枝々が一度大きく脈打った次の瞬間には、辺り一帯が黒い霧で包まれていた。

高濃度、広範囲に散布された毒に呑《の》み込まれたサメたちは、ものの数秒で身動きが取れなくなった。特にツツミの近辺で毒を受けたものは、眠るように死を迎えた。

ここの足止めはもう十分だ。ツツミは翼を身体にしまい、次に行くべき場所を探す。

「あ、フカヒレ、食べなきゃ」

ついでにサメの背ビレを齧《かじ》った。硬質な皮に覆われたヒレを、ツツミの強靭な顎で噛み砕いていく。硬い食感を通り過ぎると、コリコリとした歯触りのいい食感が現れる。クセになる食感だ。味はよく分からない。

「これが、高級食材……！」

食材は調理されてこそなのだが、ツツミは気にしない。

「おー、やっぱりここにいたか、ツツミ」

ツツミがグルメを楽しんでいると、黒い霧をかき分けサイコが現れた。

「毒、大丈夫……？」

「事前に解毒魔術使っときゃ、なんとかなるんだよ」

「ふーん」

ツツミは落としていた片方の靴を拾って中身を出し、外れていたマスクをサメの腹の中から取り出す。

「何しに、来たの？」

「そりゃお前、うちの末っ子が頑張ってんのを見に来たに決まってんだろ」

「本当？」

サイコは、血で濡れたツツミの頭をわしわしと撫《な》でる。

「奥で負傷者の治療してたけどよ、癒やしすぎて『聖女』だとかなんとか呼ばれて寒気がしたわ」

教会や避難先に負傷者が多く運ばれていた。サイコは、この町の神官よりも遥《はる》かにいい手際と効果の治癒魔術でもって彼らを治療して回り、感謝されまくっていたのだ。当然、聖人君子クソくらえと思っているサイコにとっては苦痛だった。

「大丈夫、サイコがクズだって、知ってるから……！」

「嬉しいこと言ってくれるなあ、お前は」

感慨深そうに頷《うなず》く。

「そんな偉い子にデートのお誘いだ。ちょっくら港まで行こうぜ、最高級タクシーに乗ってな」

そう言うと、サイコは傍らに転がっている二つの這鮫《はいざめ》の死体に手をついた。サイコの手が光ったかと思うと、死骸が端切《はぎ》れのように分解され、互いに再び絡まっていく。

これはサイコが治癒魔術を応用して生み出した、合成魔獣創造魔術である。魂の残滓《ざんし》を継ぎ接ぎ《パッチワーク》し、異形へと変貌させる魔術。死者の魂を冒瀆《ぼうとく》する行為は禁忌なので、発覚すれば厳罰は免れない。

死骸と死骸は瞬く間に別の『何か』へと変じていった。

そして、サイコはその名を叫ぶ。

「さあ、乗れ！　この『ダブルヘッド・ゾンビ・シャーク』に！」

かつて「足の生えたサメ」だったものは、なんと「頭が二つある足の生えたサメ」になったのだ。身体も一回り大きくなり、乗りやすさは抜群である。

ツツミは、背ビレに摑まるサイコにしがみついた。

「さあ行け！　サメ太郎！」

早速名前がなかったことにされた双頭の這鮫《はいざめ》は、エンジン音の如く唸《うな》り声《ごえ》を上げ、サイコに命じられるまま猛進を開始した。

地を揺らすほどの進撃であったが、思わぬ難点があった。力強い揺れが、そのまま尻にダメージを与えるのだ。最高級タクシーは広々として乗りやすくはあったが、乗り心地は最悪だった。

異形となり、背に人間を乗せたサメはもはや同胞と見なされないのか、這鮫《はいざめ》たちが襲いかかる。

しかしサメ太郎はものともせず、その二つの頭で迎え撃った。右から攻撃あらば右の頭で嚙みつき、左から攻撃あらば左の頭で頭突きする。ただ、真正面からの攻撃への反撃には少し難があった。

「なんで……頭が、二つなの？」

「攻撃力が二倍になんだよ」

「すごい……！　ほかに、すごいとこは……？」

「アタシにも分からん」

サイコにもよく分かっていなかった。適当なものを作って、適当なことを言っているだけだった。

よく分からないまま、よく分からないものに乗って、二人は港への道を突き進む。


サメタクシーは出島に続く大橋に到達すると、緩やかに失速していき、ついには動かなくなった。

「燃料切れか。ま、ここまで来れば十分か」

サイコが作り出した合成魔獣は、魂の残滓《ざんし》を用いて形作られているが、それを燃料にもしていた。要するに、死骸を無理やり動かしていたにすぎず、燃料が尽きれば「ただの死骸」なのだ。

二人は動かなくなったタクシーから降りると、先を行く二人の背を追った。

「よお、お前らもこっちに来たのか」

ジンとプロトは振り返る。

「ただならぬ気配がしてな」

「うわ、まーた気持ち悪いの作ったの？」

四人──正確にはよく分からず連れてこられたツツミを除く三人──の目的は同じだった。

ジンをして「ただならぬ気配」と言わしめた敵に会いに、だ。おそらくこの襲撃の主犯格で、破壊の限りを尽くしている這鮫《はいざめ》たちとは比較にならないほど強い。その強さは町の至る所から、遠目ではあったが見えた。

そしてそんな一人と一匹に、ただ一人で挑み、食い止めていた者が目の前にいる。

だが、その勇ある者は大剣を地面に突き刺し、それにもたれることで何とか立っている有様だった。

「おい、手ぇ足りてるか？」

サイコは、大橋の端に陣取る黒い甲冑《かっちゅう》の戦士に声を掛ける。

「貸してくれると助かるね、ちょうど一本失くなったところだから」

左腕があるはずの場所に、それはない。甲冑は肩の辺りで綺麗《きれい》に切り取られており、そこから血を溢《あふ》れさせている。

「なんだ、トーレク《おっさん》だったのか」

トーレクは酷《ひど》い傷を負いながらも、これ以上先へ行かせまいと敵を食い止めていた。軽口を叩《たた》いているが、限界を迎えていることは火を見るよりも明らかだ。

サイコはすかさず治癒魔術を唱え、出血を止める。

「いやあ、手ごわいよ、あの子ら」

海を背に、魔族の少女と巨大魔獣の姿が月に照らされている。

「退屈すぎて死にそうだったぜ、おっさん」

魔族の少女がトーレクの左腕を空に投げると、魔獣は巨体を持ち上げ、それを丸呑《まるの》みにした。

少女はサメを擬人化したような魔族で、胸と腰に布を巻きつけただけの出《い》で立《た》ちだ。露出している肌は白色と青みがかった灰色の二色で彩られ、しなやかで強靱な筋肉が浮かび上がっている。そして嗜虐《しぎやく》的な笑顔から覗《のぞ》かせた歯は、サメの如く鋭かった。

トーレクが本で見せたものと似ているが、実物の手足は鱗《うろこ》が集まり固まった甲殻に覆われていた。

「お前らは噛み応えがあるんだろうなァ！　せいぜいオレらを楽しませてくれよ！」

興奮しているのか、腰の辺りから生えている尻尾を地面に打ちつけている。

一方、少女の隣で唸《うな》っている巨大魔獣は、超大型の這鮫《はいざめ》だ。爪熊《つめぐま》を容易に丸呑みできるほど大きく、並の這鮫《はいざめ》より頑強な鎧皮《がいひ》に覆われている。それこそ本当に鎧を纏っているかのような分厚い殻だ。

魔族の少女には傷ひとつないが、巨大魔獣の頭部には大きな亀裂が入っている。とはいえ、硬い鎧殻を割っただけで深手を負わせるには至っていない。

「んで、何もんだお前ら。何しに来たんだ」

突然の襲撃者に、サイコは問う。ここまで大規模な侵攻だ。何か大きな目的があるはず。

「そう問われたのなら、こう答えてやる」

そして、少女は威勢よく言い放った。

「魔王様の命により、お前ら人間どもの世界をぶっ潰しに来ただけだ！」

思わぬ答えに、聞く者はみな驚愕《きようがく》した。

「魔王の配下ってわけか」

「魔王軍の再起を華々しく飾る、切り込み隊長様だぜ」

またしても現れた、魔王と関係のある存在。しかも、ルートルードと違い命令を受けている。話が進んだ、とサイコは楽しくなった。

「まいったねえ、まさか本当に魔王が再来してるとは……」

トーレクは暗澹《あんたん》たる心地で呟《つぶや》いた。今まさに、歴史の分岐点に立っている。

「んなことより、さっさと戦おうぜ」

少女は不敵に笑い、三叉槍《さんさそう》を構える。

「五人同時でいいぞ」

そう嘯《うそぶ》いてみせるのは、自信の表れにほかならない。実際に、金盾隊士《きんじゅんたいし》であるトーレクを余裕を持って追い込んでいる。五人同時でいいというのも、あながちハッタリとは言い切れない。

だがサイコたちは、各々が各々のやりたいように戦う方が得意だと知っている。

「某《それがし》はこちらをやる。プロト、おぬしはそちらを頼めるか？」

「はいはい、僕はデカブツ担当ね」

二人は互いの拳を突き、それぞれの前に立つ。

「アタシらは邪魔が入んねえように」

「うん……！」

這鮫《はいざめ》が何体か、大橋の向こうから迫ってきている。

「ろくに戦えないおじさんが言うのもなんだけど、本当に大丈夫？」

「さあな。ただ、アタシらは好きにやる方が強《つえ》えんだよ。邪魔すんなよ？」

「これが若さ、か……。おじさん、そんな眩《まぶ》しいものどこかに置き忘れちゃったよ」

言いつつ、トーレクは突き刺していた大剣を抜き、肩に担いだ。その目には、確かに決意の光が灯《とも》っている。

「でも、若者の通り道を作るのは大人の役目。やれることはやっとかないとね」

トーレクが町の方へ目を向けると、依然として這鮫《はいざめ》が町を壊している。若者だけに強敵を任せるのは心苦しかったが、手が足りていようとも体力が足りていない。激しい戦闘を続けるのは困難だった。だが、やれることはある。そのためには邪魔な雑魚魔獣を蹴散らさなければならない。

「何やるか知らねえけど、手が足りてねえだろ？」

「手を貸してくれるのは嬉《うれ》しいけど、サイコちゃんたちはここを守ってあげて」

「そうじゃねえ。貸すんじゃなく、作ってやるんだよ」

「……作る？」

トーレクは首を傾《かし》げた。治癒魔術の中でも最上級の、失った肉体を再現する魔術を使えるのだろうか。いや、だとすれば殲剣隊士《せんけんたいし》をやっているはずがない。絶対に教会に引き抜かれるはずだ。

「運がいいな、おっさん。材料ならそこら中にあるし、再生能力に長《た》けた素材もある」

サイコは淡々と、説明になっていない説明を続ける。

「ごめん、おじさんには何言ってるのか――笑顔が怖い、笑顔が怖い！」

「大丈夫だ、安心しろ。ほんのちょっと、一部分だけ人間やめるだけだからよ」

マッドサイエンティストは楽しげに笑った。

九章　『鮫滅の刃』

The Devil's Army, Decimated
By My Flame the World Bows Down

「お前がオレの相手か」

サメ魔族の少女は、三叉槍《さんさそう》の穂先をジンに向けた。

三叉槍は背の高い魔族少女の身の丈を越すほどの長さだ。三つに分かれた穂先のうち左右のそれは外側へと緩やかに湾曲しており、縁は鋭い。その特徴的な穂先が、突きによる刺突攻撃と、薙《な》ぎ払《はら》いによる斬撃を可能としている。

しかし、凶悪な武器よりも気になることがひとつ。

「刃《やいば》を交える前に、ひとつだけ尋ねておきたい」

「……言ってみろ」

「町を襲う理由はなんだ」

拭いきれない違和感。

「さっき言ったろ、お前らをぶっ潰すってな」

言葉通りなら、魔王の命令による侵略。だがジンには、彼女が誰かの命令で動いているだけとは思えなかった。かといって、報復が目的で襲撃してきたとも思えない。仲間である魔獣を殺した張本人《エリーリヤ》のことを気にかけていないことも、それを裏付けている。

ジンは少女の目を見据える。その目には、幾度となく見た強い光が宿っていた。確固たる意志で、何かを成し遂げようとする者の目だ。本当の目的は、その先にある。ジンはそう感じた。

「……やはり正直には話さぬか」

不毛な問い掛けだったかと、ジンは目を伏せた。

「ごちゃごちゃとうるせえ奴《やつ》だなあッ！　嘘《うそ》だと思うなら、力ずくで口を開かせてみろ、できるもんならな！」

自分は嘘を吐《つ》いていると言っているようなものだったが、少女は気づいていない。

「そうするとしよう。口を開く準備をしておけ」

「上等ッ！」

挑発されたのにもかかわらず、少女の顔には喜びがありありと表れている。町を襲う理由とは別に、そもそも戦闘を求めているようだ。

ジンは刀を抜いた。黒い刀身は月光に濡れ、鈍い光を放っている。

お互い得物を構え、睨《にら》み合う。張り詰めた空気が、肌を刺した。

戦いの火蓋を切るように、巨大ザメの咆哮《ほうこう》が轟《とどろ》く。それを合図に、ジンは踏み込み、地を這うかのような低姿勢で駆けた。

一瞬で距離が詰まる。

だが、ジンが魔族の少女の懐に入るよりも前に、少女はジンの肩口を狙って槍を正確に突き出していた。長柄を生かした、間合いの外からの一方的な攻撃。ジンは身体を捻《ひね》り、紙一重で槍を躱《かわ》す。そして勢いを殺すことなく、腕を狙い斬り上げた。

だがその刃《やいば》は届くことなく、ジンは吹き飛ばされた。少女はジンに槍が躱された次の瞬間には、すでに柄で薙《な》ぎ払っていたのだ。掬《すく》い上げるかのように薙がれた柄は、ジンの腹部を強《したた》かに打った。

ジンは空中で身体を捻《ひね》り、音もなく着地した。立ち上がろうと足に力を入れるが、あまりの痛みに一瞬だけ立ち上がれなかった。槍の柄で殴打された腹には、鈍痛が走っている。

一撃で決めるつもりがないわけではなかったが、ここまで綺麗《きれい》に反撃されるとも思っていなかった。膂力《りょりょく》だけでなく、反応速度も格上だとジンは確信する。

「なかなかいい太刀筋だったな。お前、名前は？」

相手の力量を認め、名を求める。

「ジン」

「そうか、いい名だ。オレはナージャ――《荒海《あらうみ》の戦姫《いくさひめ》ナージャ》だ！」

「ナージャか。心得た」

互いに構え直す。

力でねじ伏せられる相手ではないので、無理やり隙を作ることは難しい。勝つ道筋を摑むためには、相手を観察するほかにない。ジンにとって、これは目と技の戦いだった。

息を整え、再び目を合わせる。

ジンはもう一度斬りかかる。さらに速く、だが注意深く仔細《しさい》を見逃さないように。

今度は薙ぎ払いが飛んできた。風を切る音を聞くだけで、まともに当たれば易々《やすやす》と胴が斬り飛ばされることを予感させる。

槍の穂先が届く一瞬前に、ジンは速度を落とした。空振りする槍。

だがジンがナージャの懐に入るよりも早く、槍は逆方向に再び薙ぎ払われた。

反撃されることを予測しており、深追いするつもりもなかったジンは、迫り来る槍の柄を蹴り、跳び逃げた。

ナージャはジンに笑顔を向ける。その笑顔には強者の余裕、優越感が隠されることなく表れていた。

「面白い動きをするな、お前」

「気に入ってもらえたようでありがたい」

ジンはそれから二度、三度と斬りかかった。

風を切る三叉槍を避け、隙あらば懐に潜り込む。だが一度たりとも致命的な一撃は与えられず、距離を取る。お互い小さな傷を負いながら、じりじりと時間が過ぎていった。

これは、ある策のための準備だ。今はまだ、刃《やいば》を届かせなくてもいい。

「やっぱ殺し合いは楽しいなァ、おい！　お前もそう思うだろうッ？　小手調べなんざやめて、もっと踏み込んできてもいいんだぜ、首を刎《は》ねてやるからよ！」

ナージャは笑う。

策のために、深く踏み込んでいないのは看破されている。しかし、今深く踏み込めばナージャの言う通りの結末を迎えるだろう。

相手は荒々しいようで、冷静に戦いを見ている。慎重を期さねばならない。

こちらも冷静にならなければ。だが、そう思うジンの心を惑わす言葉があった。

「殺しに愉悦は不要だ」

「……のわりには、楽しそうだけどな」

ナージャの指摘に、ジンは口元を隠した。

「そんなことはない……」

「ダッセェ生き方してんなあ。もっと自分に正直になった方が楽しいぜ？」

「すでに十分正直だ」

その言葉に、冷静だったナージャは苛立《いらだ》った。

「……そうかよ」

乱れた心を落ち着けようと、ジンは一息つく。

そして、再び戦いが始まった。

今までのようにジンは駆け出した。ナージャは苛立ってはいたが、気を緩めることはなく、迎撃の構えを取る。

高速で接近し、斬りつける。ナージャにとっては同じことの繰り返しに見えたが、瞬く間に距離を詰めているこのとき、ジンはその妙技を披露する。

ナージャの間合いに入る直前、ジンは地を蹴る足に一瞬だけ力を強く入れたのだ。

たったそれだけのことだが、ナージャの目にはジンが不意に目の前に現れたように見え、呆気《あっけ》に取られた。

ジンはその隙を突き、ナージャの腕を叩き斬らんと刀を振り上げる。

鋭い刀身は肉を斬り、骨を断つかと思われたそのとき、しかしジンの手を痺《しび》れるような衝撃が襲った。

「あっぶねえッ！」

ジンの刀は、ナージャの腕の甲殻に受け止められていたのだ。甲殻には薄く溝ができるのみであり、予想以上の硬さにジンは目を見開いた。生半可な金属鎧《よろい》よりも硬い。

すぐさま冷静さを取り戻し、刀を振り払ったナージャは、懐に潜り込んできたジンに摑《つか》みかかる。

ジンはまたしても軽々と躱《かわ》し、飛《と》び退《の》いた。

「なんだ今のは。何をしやがった」

「ただ走って、ただ刀を振っただけだ」

「はっ、面白《おもしれ》え」

ナージャの顔に、再び愉悦に歪《ゆが》んだ笑顔が戻る。彼女にとって、危機的状況も楽しみの一部なのだ。

先ほどのジンの言葉は、正確ではない。正確には、ナージャが瞬《まばた》きをした瞬間に速さに変化を加え、距離感を狂わせたのである。

瞬きをするタイミング、長さには癖がある。ジンはこれまでの斬り合いの間に、ナージャの瞬きの癖を摑んでいたのだ。

敵が相手の動きを見切ろうと集中していればしているほど、意識の外で起きたことに混乱する。ただ動きの癖を読み取り、不意を衝《つ》く。それこそがジンの策。これはジンが暗殺を生業《なりわい》とする中で、自然と身に付いた技であった。

「今度はこっちから行くぞ。簡単に死んでくれるなよ？」

「善処しよう」

ナージャは槍《やり》を振りかぶり、一気に距離を詰める。その速さはジンの比ではない。

飛び退く間もなく槍の間合いにまで詰められたジンは、上体を反らしながら、刀で槍をいなすことしかできなかった。

耳障りな金属音が響き、眼前に火花が散る。

紙一重の回避。だが、三叉槍の薙ぎ払いの直撃こそ避けられたものの、完璧にはいなしきれておらず、ジンは反動で飛ばされた。

石畳の上を転がるように受け身を取るが、体勢を立て直す間もなくナージャの突き攻撃が飛んでくる。

ジンは地を滑るようにナージャの懐に飛び込み、避けた。三叉槍は、石畳で硬く舗装された地面すら穿《うが》ち、石片を撒《ま》き散らす。

「やっと一撃、いいの入れてきたか」

ナージャが槍を引き抜くと同時に、太ももから血が流れ始めた。ジンはすれ違いざまに、ナージャの太ももを斬り払っていたのだ。

ナージャの四肢の一部は頑丈な甲殻に守られているが、そうではない部位は刃《やいば》が通るようだった。傷は浅くはないが、それで機動力を削《そ》げるのかは怪しい。

だが、少なくとも今のような苛烈な攻勢には出られないはず。そう思い、ジンは一気に畳み掛けようとした。

……と、そのとき、妙な音が聞こえた。その音が耳に入るや否や、この場に留まっては危ないと根拠もなく直感し、ほとんど無意識に足に力が入った。だが、すでに何かは飛んできていた。

その何かが脇腹を掠《かす》る。しかし、感じるのは掠っただけという程度の痛みではない。刺すような鋭く熱い痛み。

見ると、左脇腹に小指の先ほどもない穴が穿たれていた。穴からは血が溢《あふ》れ、服を濡《ぬ》らしていく。

「言ってなかったが、オレはこういう魔術も使えんだよ」

ナージャの周りには、水がゆらゆらと泳いでいた。

「少し遊んでやろうと思ってたが、本気でやらねえと通してくれなそうだからな」

空中を漂う水塊のひとつが蛇のようにうねったかと思うと、目にも留まらぬ速さでジンに向かって射出された。

今度こそジンは避けた。水の槍の動きは直線的で、避けやすい。ただ、当たれば身体を易々と貫通するほどの威力がある。

ナージャの周りを泳ぐ水塊はあと二つ。そして小さな水塊がひとつでき始めていた。飛ばせるだけの水の量を充塡《じゅうてん》するまでには時間が掛かるのだろう。

距離を離せば水の槍が飛んでくる。今まで通り態勢を整える余裕はない。

とるべき選択肢はひとつ。

ジンは一気にナージャに肉薄する。水の槍が頰《ほお》を抉り掠めるのを気にも留めず、ナージャの間合いへと近づいていく。水の槍はあと一発。次は三叉槍《さんさそう》の薙《な》ぎ払《はら》いが飛んでくるが、瞬きに合わせさらに踏み込んだ。

強力な魔術を披露したナージャはしかし、足に負った深手のせいで気が散り、魔術の精度は悪い。そのうえ槍と魔術で手数を増やした分、僅かに動きが鈍くなっていた。

攻撃を紙一重で躱《かわ》し、腕を目がけて刀を振る。……が、ナージャも紙一重で身を捻り、深手を避けた。

鮫肌《さめはだ》が薄く裂け、一筋の血が舞う。

「浅いか——!」

険しくなったジンの顔に、間髪を容《い》れず蹴りが襲う。ナージャは身をよじった勢いのまま、蹴りを繰り出していたのだ。

手酷《てひど》い傷を負っている足での蹴りは想定しておらず、ジンは咄嗟《とっさ》に刀身で受ける。手負いとは思えぬほど蹴りの衝撃は凄まじく、ジンは吹き飛ばされた。

受け身も取れず、地面に強く叩きつけられたジンは、勢いのまま転がる。脇腹に開いた穴からは血が噴き出し、石畳に赤い模様を描いた。

ジンは、よろめきながらも立ち上がる。背中を強く打ち、まともに呼吸ができない。加えて手足にはうまく力が入らず、構えることもできない。

そしてなにより、刀が半ばから折れていた。

地面に散らばった黒い刀身を見下ろす。

「ここにきてか」

いつか折れるだろうとは思っていた。そのために代わりの得物を探していたのだ。

ここで倒れれば、仲間が危険な目に遭う。まさかそんな状況で折れるとは。ジンは折れた刀を恨むのではなく、己の弱さを恥じて歯嚙《はが》みした。

しかし、窮地を打開できるたったひとつの可能性が腰にあった。

「使わざるを得ん、か……」

手元に残るは、妖刀緋雨《ひさめ》。

ここで抜かねば、終わる。それでも、その柄を握る手が震えていた。

「なんだァ？　それ、使わねえのか？」

ナージャは、ジンに躊躇《ためら》いがあるのを目ざとく見ていた。

「使わねえなら、使わねえでいいぞ。お前を殺して、さっさと人間どもを狩るだけだからな」

気だるげに、だが嘘《うそ》は言っていない。

「手始めに、あそこで戦ってる二人をやるか。どっちも雑魚そうだな」

ナージャは踵《きびす》を返し、槍の穂先でサイコとツツミを指し示す。二人はジンとプロトが戦いに専念できるよう、死ぬ気で魔獣の群れを食い止めていた。

己の身を可愛《かわい》がっている場合ではない。

「そうはさせん」

仲間を守るため、ジンは緋雨《ひさめ》を抜いた。

「確かにこっちの方が僕に適任だけどさ、実際問題どう勝てばいいんだろうね」

プロトは対峙《たいじ》した巨大ザメを見上げ、呟く。

倉庫群がひとつ残らず壊され、辺りは瓦礫《がれき》だらけだ。

「逃げたいなー」

足元にあった石の欠片《かけら》を蹴る。

目の前の魔獣は、見る者を圧倒するほどに大きい。まるで岩山を相手取っているかのようだ。相手取ること自体が愚行だと、否応《いやおう》なく思わせられる。

生半可な攻撃では傷ひとつつきそうにない。そして、相手の攻撃は容易《たやす》くこちらを噛《か》み砕《くだ》くだろう。ともすると、超硬度を誇る本体に牙が届くかもしれない。

「……でも」

それでもプロトは、一歩も引くことなく戦鎚《せんつい》を構えた。

「とりあえずやってみますか。僕に牙を剝《む》いたことを後悔させてあげるよ」

「ガァアアアアアアアア――ッ！」

そう嘯《うそぶ》いてみせるプロトに、魔物は吼《ほ》えた。地を揺らすような咆哮《ほうこう》だ。あまりの音量にプロトの聴覚センサーは音を拾いきれず、ノイズとなって感覚領域を襲う。

魔獣が人語を解するはずもないが、目の前の矮小《わいしょう》な存在が傲慢にも自分を打ち倒さん

い散る。

と宣《のたま》ったことを理解したのだ。

「サメって吠《ほ》えるんだね。初めて知った――よッ！」

プロトは怯《ひる》むことなく、出し抜けに飛び掛かった。地を蹴る足は石畳を砕き、破片が舞

空中でプロトは、可動域限界まで身体を捻《ひね》った。その勢いを乗せて振り抜かれた戦鎚は、魔獣の凶悪な横面を殴りつける。

硬質なものがぶつかる鈍く耳障りな音が響き、サメは仰《の》け反《ぞ》るように弾かれた。

「どうだッ！」

手応えあり。そう思ったプロトの視野が、突如としてノイズにまみれた。

凄《すさ》まじい衝撃に襲われたことだけは認識できたが、衝撃の正体は不明。強烈な一撃の後、おそらく地面を跳ね転がったであろう衝撃が伝わってくる。

視覚センサーの異常は瞬時に修正されたが、そのことが今の攻撃が一瞬の出来事であったことを示していた。

正常になった視野には、振り抜かれたサメの尻尾が映っている。

巨大な這鮫《はいざめ》は、プロトに攻撃された次の瞬間には反撃に転じていたのだ。それに加え、即座の反撃が可能だったのは、戦鎚の殴打が響いていないことを示している。

「いったいなぁ、もうッ！　痛覚ないけどさ！」

受け身も取れずかなりの距離を飛ばされたプロトは、起きざまに声を上げた。

「まったく、適任だとはいえ、損な役回りだなあ……。もっと倒しやすい相手がいいよ」

プロトはジンのように器用な動作はできないが、全力で殴るのだけは得意だった。この場において、自分が一番この巨大魔獣に勝つ見込みがある。プロトはそれを自負していた。だが勝ち目があるといえど、勝機はか細い糸のようなもので、少しの失敗で容易く千切れてしまう。

プロトは取り落とした戦鎚を拾おうとして、身体が動かしづらいことに気づく。鎧《よろい》がひしゃげ、可動部が壊れているようだった。

「しょうがない、脱ぐか……」

ため息まじりに、兜《かぶと》と鎧を脱ぎ去る。

プロトにとって鎧とは、姿を隠し、リーチを伸ばすための道具でしかない。そして、巨大な相手には小手先のリーチ伸長なぞ無用の長物でしかなかった。

少女型外装の右手首部分を展開し、その隙間からワイヤーを伸ばして戦鎚に絡めていく。武器を文字通り「身体の一部」にすることで取り回しやすくし、手から離れないようにしたのだ。

巨大ザメがゆっくりとプロトのもとへ向かう。一歩一歩踏みしめる度に、地面が揺れ、瓦礫が浮いた。

「一発殴ったくらいじゃ効かないなら、――効くまで殴る！」

プロトが取り得る戦法は、殴打の一択だった。

今度は助走をつける。ただ速さを乗せただけの、単純で強力な一撃を狙う。標的との間に障害物などない。一直線に走るのにうってつけだった。

一歩踏み出すごとに出力を上げていき、足は石敷きの地面を踏み砕いていく。動力が空間に干渉し、まばゆい光と甲高い音を発する。夜の港を駆ける姿は、さながら一条の流星のようだった。

先の応酬で侮っているのか、魔獣は避ける素振りを見せない。一度きりの好機。この一撃で隙を作ることができなければ、勝機など摑《つか》めやしない。

流星の如《ごと》き速さのまま飛び上がり、宙で身体を捻《ひね》ることによって速さはさらに増していく。

轟《とどろ》く打撃音。

爆発的な威力の殴打は、魔物の鼻先を勢いよく弾いたのだ。そして、微《かす》かに何かが砕ける音も聞こえた。

今度こそ手応えがあった。鼻先の鎧皮《がいひ》がひび割れているのが見える。……だが、プロトが与えた傷は、トーレクの一撃によるものよりも遥《はる》かに小さいものだった。

「ええッ！　硬ぁッ！」

着地したプロトは、巨大魔獣の頭部にある二つの傷を見比べる。

「こんな奴《やつ》従えてるあのサメ女、どれだけ強いのさ」

トーレクの力量、巨大魔獣の堅牢《けんろう》さ。それらの上を行く魔族の少女に思いを向ける。

「……でも、効いた！」

だからといって、プロトが止まることはない。

間髪を容れずに走り出した。思わぬ威力に魔獣が面食らっているうちに、今度はその下顎を打ち上げる。

這鮫《はいざめ》の腹側は硬質な鎧皮《がいひ》に覆われておらず、背側より柔らかい。今までの二撃よりも身体に響いたのか、巨大魔獣は呻《うめ》きながら大きく仰け反った。

今度こそ効いた。そう思ったのも束《つか》の間《ま》、魔獣の呻き声が怒りの乗った唸《うな》り声《ごえ》に変わっていることに気づく。

逆上した魔獣は、大きく仰け反らせた巨躯《きょく》を勢いよく地面に向けて振り下ろす。

「うわっと！」

危うく押し潰されそうになるが、紙一重で飛《と》び退《の》いた。

桁違いな質量が激突し、地面が激しく揺れた。吹き荒れる風が砂塵《さじん》を巻き起こし、視界を奪う。

とりあえず距離を取ろうと思ったときには、砂塵を渦巻かせる大きな影が迫っていた。

「やば――」

プロトは、魔獣の巨大な前足で弾《はじ》き飛ばされた。まるで投げられた小石のように跳ね、転がっていく。

一瞬ブラックアウトしたものの、プロトはすぐさま起き上がった。

「走れるほどの距離をくれるなんて、ありがたいね。自殺願望でもあるのかな」

プロトは嘯《うそぶ》き、再び走り出す。それに応えるように魔物も動き出した。鈍重なその巨躯で、空気を押しのけ駆ける。

「馬鹿みたいに突っ込んできてくれて助かるよ！」

プロトは走りながら、身体を横方向に回転させる。

「これはどうかな！」

高速で身体を捻《ひね》りながら、腰部から射出したワイヤーで一瞬だけ地面に自分を固定し、戦鎚で地面を思いっきり抉り飛ばした。

瓦礫の散弾は激昂《げっこう》する魔獣の顔面に降り注ぎ、僅かに残っていた平常心すら奪う。

一瞬の動揺を突き、プロトは巨獣の懐に潜り込んだ。

狙いは頭部ではない、足だ。

無防備になっている前足に向けて、プロトは渾身《こんしん》の力で戦鎚を振り下ろす。

何か太く硬いものが砕ける音が港に響き、悲痛な咆哮が夜空に轟いた。

敵は見た目以上に瞬発力がある。だから機動力をまず奪う。それが勝機を摑《つか》むための第一歩だった。

「サメのくせに陸に上がってくるからだ――よぁあッ！」

魔獣は頭を振り、鼻先でプロトを跳ね上げた。

足を潰したところで、依然として頭を使っての攻撃は健在だ。油断したわけではないが、ダメージを与えても予想以上に反撃に転じるのが早い。こちらが体勢を立て直すより先に、相手が怒りでもって痛みを打ち消している。

プロトは宙に浮き、自由に動けない。地面が遥《はる》か遠くにある。

「でも、好都合！」

戦鎚の柄を強く握りしめる。プロトは落下しながら、戦鎚の重さを活《い》かして身を回転させた。

二回、三回と回転し、戦鎚に十分勢いが乗った瞬間、プロトは右腕ごと戦鎚をぶん投げた。腕はワイヤー状の触腕の束で胴体と繋《つな》がっており、空中に青白い光の筋を描く。

超高速で打ち下ろされた戦鎚は、魔獣の脳天に直撃した。その一撃は堅牢な這鮫《はいざめ》の鎧皮《がいひ》を打ち砕き、意識を刈り取る。

トーレクが与えたひびよりも、遥かに大きく深い亀裂。

プロトはワイヤーを収縮させ、戦鎚を手繰り寄せていく。

次こそトドメを刺す。攻撃チャンスは、無防備になった今しかない。

しかし、勢いに乗って一気に畳みかけようとした瞬間、プロトの身体がガクンと揺れた。

これだけのダメージを与えても、巨大な魔獣の意識を飛ばしたのは一瞬のことでしかなかった。意識を取り戻したサメは、頭上に浮いている戦鎚に食らいつく。そしてそのまま勢いよくワイヤーを引っ張り、逆にプロトを手繰り寄せたのだ。

急激に落下速度を上げたプロトは、体勢を立て直すこともできず、大口を開けたサメに引き寄せられていく。

サメの口内には、鋭利で巨大な鋸歯《きょし》が並んでいる。圧倒的な咬合力《こうごう》でコアに噛《か》みつかれたら、まず間違いなくコアは破壊される。

絶体絶命。

「まずいかも」

噛み砕くために口を開けている間に、急いで腕を引き戻していく。だが、どのみち戦鎚を振れる猶予はない。

為《な》す術《すべ》もなく落ちてくるプロト目がけて、巨大な顎《あぎと》は音を立てて閉じた。

しかし、プロトは、間一髪噛《か》み砕《くだ》かれずに済んでいた。

「ふう、危なかったあ……」

とはいえ、強靱《きょうじん》な歯で右腕はがっちりと固定され、戦鎚もまた口の中にある。

頭を打ち脳を揺らされた魔獣は、未《いま》だ意識がはっきりしていなかったのか、プロトとの距離をほんの僅かに見誤っていた。一秒にも満たない時間の違いで、「絶体絶命の状況」が「九死一生の状況」にまで好転したのだ。

とはいえ魔獣は、戦鎚《せんつい》を離すまいと口を開こうとはしない。武器さえ封じてしまえば、負けることはないだろうと理解したのだ。

顎を固く閉ざしたサメは、腕を引きちぎろうと頭を振り回す。

「こいつ！」

並外れた頑丈さを誇るプロトの触腕であっても、ぎりぎりと徐々に傷がついていく。傷口に歯が食い込んでいれば、修復システムを起動させたところでどうにもならない。

プロトは、咥《くわ》えられていない左腕を振り上げた。戦鎚のような重量武器を持たずとも、ある程度なら破壊力は出せる。

「この！　離せよ！」

歯を殴りつける。思ったより歯は脆《もろ》く、殴りつける度に亀裂が入っていった。

だが脆いとはいえ、プロトの纏《まと》う少女型外装も強い衝撃には耐えられない。外装を形作る金属フレームは次第にひしゃげていき、サメの歯を砕いたときには拳が歪みきっていた。

それでも拘束から解放され、腕を引き寄せる隙が生まれる。

咥え直す間を与えず、一気に腕を引き抜こうとした瞬間、不意に魔獣が口を薄く開けた。

好都合ではあったが、不可解な行動にプロトは身構える。

口を開けたのはほんの一瞬だけで、咥え直すには何もかも不十分だ。

不十分ではあったのだが、歯があれば話は別だ。

驚くことに、歯を砕いたはずの場所には、すでに次の歯が現れていた。サメには歯が抜けた際の予備の歯があるが、それが一瞬にして前にせり出してきたのだ。

どう足掻《あが》こうが、魔獣は腕を解放しようとはしない。このままではいずれ負ける。

「こうなったら！」

プロトは奥の手を使うことを決意した。

「おらぁああああああああああああッ――！」

右腕を噛ませたままワイヤーを伸ばし、プロトは巨大な魔獣の身体を駆ける。下顎、右頬《ほお》と走りながら、使い物にならなくなった左腕部外装を肩口からパージ。そして頭頂部に到着すると、左肩部から無数のワイヤーを展開伸長させた。

放たれたワイヤーは、魔獣の巨躯を撫《な》でるように高速で這い、頭部に二重三重と巻きついていく。

魔獣は拘束を解こうと躍起になるが、ワイヤーはすでに固く締めつけられ、びくともしない。

「制限解除！　出力限界突破！」

プロトは叫ぶ。

出力限界を超えるほどの力を引き出すことによって、桁外れの膂力《りょりょく》を発揮する。ただし、それ相応の負荷が身体に掛かるため、制限解除状態は長くはもたず、一歩間違えれば完全に機能停止してしまう。これがプロトの最後の切り札なのだ。

どうしても勝たなくてはいけない。その一心で巨大な魔獣を締め落としにかかる。

勝たなくてはいけない理由。それは仲間の存在だった。愛着があろうがこの町も、この世界も、どうなろうと知ったことではない。だがここで勝たなければ、出会えた仲間とともに居られない。

　なんとなく居心地がいい。なんとなく気が合う。ただそれだけの理由だったが、それだけで十分だった。

「くたばれ！　下等！　生物！　がぁあああああああああ――ッ！」

　身体の中に響き渡るエラー音を無視し、限界を超えた全力でワイヤーを収縮させる。線状の青白光と甲高い駆動音が、これまでにないほどの強さで放たれていた。

　魔獣はもがき、暴れ、頭部の亀裂は徐々に広がっていく。

　魔獣が纏う装甲が、耳障りな音とともに割れ、軋《きし》む。巨躯が暴れ回る地鳴りとともにそれを聞いていると、しばらくして魔獣は動かなくなった。

　港が一気に静かになる。

「ふう……、よゆー……」

　プロトは機能停止寸前までエネルギーを使い果たしたが、快勝だと嘯《うそぶ》いた。

　巨獣の頭に立つ矮躯《わいく》の戦士は、隣で戦っている仲間に遠く目を向ける。そしてその表情を見て、顔がほころんだ。

「やっと吹っ切れたみたいだね、ジン」

ジンが妖刀を抜いた瞬間、心の奥底から寒気のするような恐怖が湧いた。視界は血のように赤黒く染まり、耳はざらついた雑音にまみれ、身体が思うように動かない。

そしてなにより、眼前のナージャに重なるように、いくつもの影が現れた。その姿ははっきりとはしないが、今までに斬ってきた者の影だということは直感的に理解できた。

「惑わすつもりか……」

言葉を発するのでさえ精神を疲弊させ、ジンの顔は苦渋に染まった。

「何言ってんのか分かんねえが、戦闘再開だなッ！」

ナージャが意気揚々と襲い掛かる。

うまく力の入らない身体で切り抜けねばならない。そう思っていたジンだが、気づけば紅色の刀身がナージャの三叉槍《さんさそう》を受け止めていた。

「なっ、これは……！」

「おいおい、さっきより動きがいいじゃねえか」

動きが力に満ちている。思えば、鬼は元々ただの村人だった。それを無理やり動かし、戦闘に長《た》けた二人を相手取らせていたのだ。緋雨《ひさめ》自体に、使用者の身体能力を高める効果があるようだった。

だが、自分の意思で動いたわけではない。妖刀が使用者を守っただけだ。恐怖で身体はこわばり、視界は曇っていく。

立て続けにナージャは攻撃を繰り出してくるが、力任せに押し返しているにすぎない。水の槍を放ってくるが、でたらめに避けているにすぎない。漁村にいた鬼のように、まるで操り人形だ。

そうするうちに、呪いは深まっていく。目の前は斬った者の血で染まっていき、影が手足に纏《まと》わりついてくる。

「何がしたい！　なぜ斬《き》り殺《あや》めた者の影を見せる！」

血が吸いたいのなら、恐怖で殺意を駆り立てればいい。それなのに、恐怖で斬り合いの邪魔をするだけだ。だが邪魔をしているのかと思えば、持ち主の身を守ろうと身体を動かしてくる。

矛盾だ。それに、鬼のように正気を失うわけでもない。ジンはますます妖刀の目的が分からなくなってくる。

だが確かに恐怖を感じている。揺らめく影たちの目。そこから目を逸《そ》らしたくてたまらない。

「さっきから何言ってんだ、お前！」

ついにナージャの攻撃を受け止めきれず、ジンは弾《はじ》き飛ばされた。それでも緋雨《ひさめ》は手に強く握りしめられている。

身体は負傷が多く、思うように動かせない。心と目は恐怖で曇り、思考を遮る。

ジンは地面に転がったまま、迫り来るナージャの姿をぼんやりと見た。

「本気出せてねえようだが、オレには殺されてもやらなきゃならねえことがあるんだ。大義があるのはお前らだけじゃねえ。お前を殺して、邪魔する奴《やつ》ら全員ぶっ殺して、腕をもがれようが、足を潰されようが、それでも為《な》すべき大義があんだよ！　止めたけりゃオレを殺して止めろ！」

ナージャの目に一際強い光が宿ったとき、その目がぼんやりとしていた影の目と重なった。

「大義……」

力なく呟くジンを目掛けて、ナージャは槍を振り下ろした。

「桜《さくら》、腹を切れ」

「分かりました、父上」

「残念だよ。だが、これも掟《おきて》だ」

やり取りは短かった。

日本に古来より続く暗殺一家、その中でも刀の扱いに長けた者が襲名する「刃《じん》」という名。烏丸《からすま》桜はそれを継ぎ、今も仲間に「ジン」と呼ばせている。

これまで多くの者を斬ってきた。老若男女問わず、しかし誰もが『悪』であった。

ジンは常に、依頼対象の目を見る。隙を窺《うかが》うためでもあり、人となりを知るためでもある。大抵の悪人は、目を見れば分かった。

人を踏みにじる悪を斬る。それが人を救うことに繋《つな》がる正しい行いだと信じていた。だからこそ『誰かの道具』であっても、それが誇りに思えたのだ。

しかし、その誇りが揺らぐ瞬間があった。

依頼対象はときに、大義を背負って悪を為している。非道な行いをした者に復讐《ふくしゅう》する者、より多きを救うために少なきを踏みにじる者、間違った世界を過激な手段で正そうとする者。堕落した悪とは違い、そういう者は必ず目に強い光を宿していた。

彼らは死さえ厭《いと》わない。「止めたければ殺してみせろ」と言い放ち、死ぬまで己の信念を貫き通そうとする。

ジンは恐怖した。その気迫に圧されただけではない。目を逸らしたくなるほどの、胸の奥底をかき回すような感情に襲われるのだ。

焦燥。漠然と、このままでは後悔すると予感した。

渇望。大切に抱いていた『誇り』だけでは、何かが満たされていない。

胸の痛みに耐えながら暗殺を続けていると、ある依頼が届いた。暗殺対象は、悪とは到底思えぬ少年少女たちで、依頼の理由は極秘だった。

「なぜ彼らを斬らねばならないのです」

「理由は知らん。知らなくていい。何も考えず、斬れ」

父からはそう言われた。いつも通りのことだ。いつもと同じように斬ればいい。そのはずだ。

だが、心がそれを否定した。このままでは後悔する。そう直感した。

ジンは何度も彼らのもとに足を運び、目を見た。それでもやはり、悪とは思えない。どこからどう見ても、ただの少年少女だった。

「桜には……斬れません……」

それが結論だった。

命に背いた者がどうなるかは当然知っていた。だが、それでもその道を進もうと思えたのだ。後悔はしていない。

「姉上、最後に会いに来ました」

「藤丸《ふじまる》か。もう会えなくなるのは寂しいな」

三つ下の弟だ。自分の選択に後悔はないが、後悔があるとすれば、結局弟に任務を押しつけてしまうことだった。

「なぜこのようなことを？」

「分からん。ただ、そうしたくなっただけだ」

「『そうしたくなっただけ』……」

藤丸はその言葉を聞き、噛《か》みしめるように繰り返した。

「藤丸……いや、『刃《じん》』。お前に任を押し付けるような不出来な姉で悪いな」

「そんなことはありません、姉上」

「お別れだ」

「……はい」

ジンは最後に弟の頭を撫《な》で、そして命を絶った。不思議と満ち足りた心地で、死の底に落ちていく。

摑《つか》んだものが何なのか不明瞭だったが、それでも摑もうとしたものを摑めた。

これでいい。

ただ予想外だったのが、暗殺対象の一人とともに異世界に招かれたことだった。

「ととと、とりあえず！　とりあえず自己紹介とかどうですかね！　ほら、色々と誤解かもしれないですし、ね？」

そして、任務の意味もなんとなく分かった。結果的に弟に任務を押し付けたのではなく、異世界に渡り任務を分担した形になったのだ。

その暗殺対象は欲望に正直な俗物で、ジンは侮っていた。だがそんな彼女は、ある日を境に日に強い光を宿した。強い意志の光だ。たまに物理的に光ることもあるが。

仲間には彼女のほかにも目に強い光を宿す者がいるが、彼女の燃えるような目は別格だった。

ただの一般人として生きていながら、己の身が焦げることも厭わず、身勝手な欲望を満たす。その姿をジンは浅ましいと思いつつも空恐ろしく感じ、そして惹《ひ》かれていた。

恐ろしく感じるものになぜ惹かれているか。そう考えたとき、目の前のナージャの目と揺らめく影の目、そしてホムラの目が重なっているように見えた。

耳障りな音が港に響く。

ジンは、自分の意志でナージャの振り下ろした三叉槍を妖刀で受け止めていた。

「そうか……」

強い意志の光。それがなぜ恐ろしかったのか。悪を為《な》そうが罪を背負う覚悟を持ち、為すべきことを為す意志の強さが、心の底から羨ましかったからだ。

ただ流されて生きているのではない。己の足で立ち、己で進むべき道を選び、己の意志に殉じる。その生き様こそが、死の間際に感じた満ち足りた心地の正体だったのだ。

「そういうことか……」

様々なことが、一本の線に繋《つな》がった。

「ふふっ、ははは！」

「何笑ってやがる」

笑ったのはいつぶりだろうか。

「いやなに、己の俗物さに気づいただけだ。ふふ、これは恰好《かっこう》がつかんな。結局　某《それがし》も身勝手に生きたいらしい。だが、胸がすく思いだ」

ナージャは飛《と》び退《の》き、距離を取った。

「愉《たの》しんでいたのは『殺し』ではなかった。愉しんでいたのは、己の意志で戦う者を、己の意志で斬ることだ。死さえ厭わず、己の信念を貫き合う。これ以上ないほどの己の存在証明だからだ」

ジンの目には、確かに強い光が宿っていた。

「いい目になったじゃねえか。ま、殺すけどよォ！」

「まったく、妙な妖刀に気に入られたものだ。恐怖していたものこそが、羨望していたものだとはな……」

血に飢えた妖刀が手に馴染《なじ》む。心と目は澄み渡り、身体の奥底から力が湧いていくる。妖刀に意思があるのかは分からないが、確かに緋雨《ひさめ》のおかげで「自分の立ち方」が分かった。

「こっからが本番ってところか？」

「己に正直になった某《それがし》は強いぞ？」

ジンは笑ってみせる。そのまま紅色の刀身を掴み、流れるような動作で腹に突き立てた。

「やはり慣れんな、この感覚は……」

苦痛に顔が歪《ゆが》む。

「おいおいおい、早まるな！　今そういう流れだったかッ？」

「安心しろ、おぬしを殺すまで死にはせん」

引き抜かれた緋雨《ひさめ》はジンの血を吸い、脈動していた。

その異様で醜悪な刀身を見て、ナージャは合点がいく。

「……なんだ、そういう代物か。戦いから逃げるのかと思ったぞ」

「なあに、心配するな。今から首を斬り飛ばしてやろう。期待しておれ」

改めて、本気で殺し合う。

「じゃあ、行くぜ」

ナージャは槍《やり》を構え、水の竜を漂わせる。

対するジンは、妖刀に這《は》わせた己の血を禍々《まがまが》しい刃《やいば》へと変じさせる。

「参る」

相対する二人は、殺し合うというのに笑っていた。

それからの戦いは、何人たりとも踏み込む余地のない苛烈なものとなった。

血の刃《やいば》が空を裂き、水の槍が地を穿《うが》つ。一秒、一瞬でも気を抜けば、それはすなわち死を意味していた。両者とも手負いだというのに、むしろそれすら愉《たの》しむかのように殺し合う。

互いに死へと歩みながら、そして戦いは一瞬の隙間を縫うように終わりを告げた。

「殺《と》った！」

ジンの一撃が、ナージャに届いた。

十章　『チェンソーガール』

The Devil's Army, Decimated
By My Flame the World Bows Down

静まり返った出島は、そこだけ世界から切り離され、時間が止まったかのようだ。

互いに譲れぬものを持った者たちがぶつかった島は、原形を留《とど》めないほど荒れ果てていた。崩壊した倉庫群の残骸が辺り一面に散らばり、整然と敷かれた石畳はそこかしこに戦いの名残を刻んでいる。もはや何が起きたのか推し量ることすら困難だ。

潮騒《しおさい》に混じり、破壊音と戦闘音が遠く聞こえてくる。

「ったく、結局腕斬り落としただけかよ」

「そういえば聞くことがあったからな」

ナージャの腕は、甲殻に覆われた部分で綺麗《きれい》に斬り落とされていた。そこからは止めどなく血が溢《あふ》れているが、斬り落とした張本人であるジンの出血も酷《ひど》かった。

ジンは刀を突き立てた腹からだけでなく、ナージャの水の槍によって開けられたいくつもの穴から血を噴き出している。当然ながら、顔面は蒼白《そうはく》だ。

互いに座り込み、もう一歩も動けない。

「ま、力ずくで口開かせろって言ったのはオレだし、言ってやるよ」

「早めに頼む。死にそうだ」

「はは、やべえな、お前。なら手っ取り早く言うぞ。攫《さら》われた同胞を解放するためだ。まあ、その願いも潰《つい》えたがな……」

ナージャの顔は諦念と後悔で染まった……のも一瞬だった。

「そういう訳なら任せろ。……と、その前に治療だな」

「は？　任せろ？　治療？」

困惑の一色。

「おい、サイコ、早くしろ。二人とも死にそうだ」

「アタシだって疲れてんだぞ。労《いたわ》れや」

這鮫《はいざめ》を退けていたサイコが、二人に治癒魔術を掛けるために歩み寄ってくる。労れという言葉通り、治癒魔術の連続行使と戦闘によりかなり疲れていた。だが誰も心配しない。

「おい、どういうことだ。オレを殺さねえのか？」

「殺す必要がどこにある。まだ戦うつもりがあるのか？」

「ねえけどよ……」

ナージャはばつが悪そうに目を逸《そ》らした。

「怪しい場所の目星はつけてある。さっさと解放して、さっさと仕事終わらせるぞ」

「……なんだよ、話の分かる人間もいんのかよ」

二人は大人しく治療を受ける。ジンの身体の穴を埋め、ナージャの腕を引っ付けた。落ちていたナージャの腕を、ツツミが物欲しそうな目で見ていたので、治療は迅速に行われた。

「恩に着る、人間」

「礼なんざいらん。お前の言う通りなら、発端はこっち側なんだろ？」

サイコが不愛想に返す。

「だとしても、だ」

互いに命を奪い合ったとはいえ、発端は人間側にあるらしい。それでもナージャは、恩は恩として捉えている。

腕を付け終わったナージャは立ち上がった。

「んじゃ、その怪しい場所ってとこ……の前に」

巨大ザメの方に目を向ける。

「おい、いつまで寝てんだ！　お前らは先に帰ってろ！」

耳が痛くなるほどの大声で叫ぶ。すると、動かなくなっていた魔獣はのそりと起き上がった。一時的に気を失っていただけのようで、状況を飲み込むと頭を振ってプロトを落としにかかる。

「いて」

魔獣の頭の上でぼけーっと月の光を浴びていたプロトは、乱雑に振り落とされ、またしても痛みを口にした。

「――――――――ッ！」

魔獣は、頭が割れそうになるほどの大声で吼《ほ》える。耳を塞いでもなお、耳の奥へと突き抜けてくる轟音《ごうおん》。

その声に呼応し、破壊行為を続けていた這鮫《はいざめ》たちが踵《きびす》を返し、海へと退いていく。時を同じくして、町を横切っていた長大な炎の壁も消え去った。

町に争いの音はもうない。勝者はおらず、勝《か》ち鬨《どき》も上がらなかった。瓦礫《がれき》と化した町並みに、ただただ静かな余韻があるのみ。

「あれ、どう話がまとまったの？」

動けるほどには回復したプロトが、右腕に絡んだ戦鎚《せんつい》を引きずりながら現れた。

「助かったぞ、プロト」

「んー？　なんのこと？」

半分とぼけるような調子で、プロトはジンに答える。結論はどうあれ、きっかけはプロトだ。

「で、怪しい場所ってのは？」

サイコたちはナージャを連れ、歩き出した。

「多分あそこで間違いねえな」

迷いなく、町の中心へと向かう。

「ああ……、オレの願いだけが叶《かな》っちまうな。あいつには申し訳ない」

申し訳なさそうに、ナージャは呟《つぶや》いた。

「『あいつ』って、もしかして魔王のことか？」

「そうだ」

「どんな奴《やつ》なんだ、その魔王って奴は」

目的地へ向かいながら、聞くべきことを聞く。自分たちがこの世界に呼ばれた理由を。

「オレも直接会ったことはない。ただあるとき、魔王の使いを名乗る女がふらっとオレの前に現れたんだ。そいつが言うには、魔王はすべての人間を駆逐して、すべての魔物を救済しようとしてるんだと」

道すがら、様々な残骸とすれ違う。それを見る度に、それぞれが複雑な思いを胸に抱いた。

「配下になって協力してくれるなら、こちらも力を貸そう。あの女はそう言った。ちょうどこの町を襲撃する計画を立ててたときだったからな、魔王って奴を利用してやるかって」

「そんで『呪血』を渡されたのか」

「なんだ、知ってんのか」

「戦ったことがあるからな、それを使った奴と。そいつらほどじゃねえが、お前も変異してる部位がある。つっても、お前たちのことは図鑑でしか見たことなかったけどな」

ルートルードと、彼に利用された盗賊団の頭領。彼らは人間をやめ、異形となり果てていた。目の前のナージャも、図鑑で見たものと違う部分があった。

「ああ、その『呪血』のおかげで強くなれたんだよ」

ナージャは腕の甲殻を指で叩《たた》いてみせる。図鑑ではなかった特徴だ。

「あれを飲んだら力が溢れてきて、腕と足もこんなんになった。ただ、血の気が多くなった気もするな……。ついでにオレの相棒だって、あんなに大きくなった」

誇らしく語るナージャは一転して、険しい顔で俯《うつむ》いた。

「最初はただ利用してやるつもりだったんだがな、『呪血』を飲んで考えが変わった。ほんの数滴飲んだだけで、それがどんだけ悍《おぞ》ましいもんか分かったんだ。魂がぐちゃぐちゃになりそうなほど濃い呪いが血に混じってるんだぞ。こんな血が流れてる奴が、まともに生きられるはずがねえ。痛み、恐怖、絶望。そんなのに四六時中襲われてるはずだ。それなのに、そいつはオレたち魔物を救おうとしてるんだ。協力するしかないだろ」

「思った以上にやべえ奴相手にするんだな、アタシら」

しかしナージャの表情は再び一転、怪訝《けげん》な顔を見せた。

「『協力』で思い出したけどよ、襲撃計画にはもう一人仲間がいるって聞いてたんだが、結局オレ一人だったな」

「お前一人だけで助かったわ」

荒れ果てた道を進んでいると、隊士たちが魔物を引き連れた一行を遠巻きに眺めてくる。怪訝な視線はナージャだけでなく、プロトやツツミにも向けられていた。

「多分ここだろ」

たどり着いたのは、エリーリヤが制裁ショーを催していた中央広場だった。そして目的地はその奥、領主の館だ。

「正体不明の呻《うめ》き声《ごえ》が聞こえるって話だ」

アレスの報告にあった、謎の呻き声。罪人のものと思われたそれは、囚《とら》われた魔族のもののの可能性がある。どうやらナージャによると、その推測は正しいようだ。

「ああ、同胞の血のにおいがする」

美しい外観に包まれた、血塗られた醜悪な箱。それが領主の館の正体だった。

広場で休んでいたホムラとアレスたちが駆け寄ってくる。

「みなさんも無事だったんで……あれ、そちらの魔族の方は？」

ホムラにとってはただの疑問だったが、アレスたちにとっては頭痛の種であった。

「こちらは襲撃犯のナージャさんだ、みんな仲良くしろよ」

「何度も言うが、どれだけ常識外れなんだお前らは……」

緊張した面持ちで、アレスたちは武器を構えた。

「やっぱり普通の人間はこうなんだよ。おかしいのはお前らだぞ」

「常識なんざ知らねえよ。問題解決するための最短ルート走ってんだよ、こっちは」

ナージャにすら異常性を説かれるも、サイコたちは気にしない。

「要約すると、こいつの仲間が拉致されたんで取り戻しに来たって話だ」

「え、もしかしていろんなことがエリーリヤさんのせいだったってことですか！」

交易船襲撃も、妖刀のせいで人がいなくなった漁村も、今回の襲撃も。

「それでここ、というわけか」

アレスは館を睨《にら》みつける。

襲撃に合点がいき、敵意はエリーリヤに向いた。だが、ナージャに対する警戒は解かない。魔族の同胞を解放すれば問題解決するとはいえ、相手は魔物だ。ましてや、町を襲い人を襲った事実がある。彼らにとって、軽々に信用できる相手ではなかった。

アレスたち四人に取り囲まれたまま、領主の館へと向かう。

「にしてもホムラ、あんな炎の壁作っときながらよく暴走しなかったな」

内心、ホムラが暴走すればどう止めようか心配になっていたサイコ。

「意識が炎から逸《そ》れれば大丈夫なんで、ずっとツツミちゃんのこと考えてましたふへへへっ！」

ホムラは、ニチャアッと粘り気のある笑顔を作った。ツツミの何を想像していたのかは、その笑顔が物語っていた。

「そうか、残念ながら地下牢《ちかろう》行きだ」

「なんで！」

緊張感もなく騒ぐ二人を後ろから眺めながら、ナージャは問う。

「ジン、お前の仲間、変な奴しかいねえのか？」

「変な奴しかおらん」

「大変だな……」

「存外楽しいぞ」

「お前も変わってんな」

同列に扱われ、ジンは静かに衝撃を受けた。

開け放たれていた鉄柵門をくぐると、真ん中に大きく建つ館のほかに、隅に小屋があるのが見えた。庭にぽつんと建てられており、扉が薄く開いている。

ナージャはその小屋に鼻を向け、においを嗅いだ。

「ここだ。この小屋からにおってくる」

アレスたちに見送られるかたちで、小屋へと向かった。

扉を開き小屋の中に入ってみると、ホムラの鼻にも分かるほど血のにおいが漂っている。

中には小さな机が設《しつら》えられ、壁にいくつかの武器が並べられているだけ。物だけならそれだけなのだが、床には扉があった。扉は開いており、地下へと続く階段が見える。においの出どころは、この奥からのようだ。

地下へと続く扉を抜けると、ひんやりとしたカビ臭い空気が身を包んでくる。

階段を下りていくと、廊下に並ぶ黒い鉄扉を鉱石灯がぼんやりと照らしていた。

「地下牢か。ちょうどよかったな、ホムラ」

「よくないです！」

廊下の最奥、照明が届いていない薄暗い扉の前に、一人の女性がいた。薄暗く、よく見えないが、大人の女性のようだ。

その女性は、鍵束に連なるうちのひとつを扉に差し込もうとしていたが、聞こえてきた人声にびくりと身体を跳ねさせた。こちらに気づくと、女性は震える手でナイフを取り出し、切っ先を侵入者に向ける。

「ち、近づけば刺しますよ！　本気ですからね！」

立ち向かおうとする女性は、神官だった。エリーリヤの針拳《はりけん》制裁ショーにて、ステージの後ろに控えていた神官だ。

「少しの間だけでいいです。今からすることを見なかったこと……に？」

神官は侵入者一行の中に魔族を見つけ、顔が困惑で染まった。

「あの、なぜ猛鮫《たけみずち》族の方とともに……？」

「ん？　こいつの仲間解放しに来たんだが？」

それを聞いて緊張の糸が切れたのか、神官は腰を抜かした。

「そういうことだったんですね……。すみません、まさか目的を同じくする方がいるとは思わず……」

「おい、逃がそうとしてるってことは、生きてるってことなんだな！」

「は、はい！」

表には出していなかったが心配だったのだろう。ナージャは胸を撫《な》で下ろした。

「私が食事のお世話や治療を命じられていました。エリーリヤ様に日々嬲《なぶ》られ、壮健《そうけん》とはいきませんが、生きていますよ」

「いい。生きてるだけで」

神官は今度こそ鍵を差し込み、回す。

重々しい鉄扉を開けると、中から濃い血のにおいが溢《あふ》れてきた。じめじめとした空気と相まって、不快な肌触りの風が吹く。

神官は中に入ると、戸のすぐ隣にある鉱石灯に触れ、明かりを灯《とも》した。

ナージャの歯を食いしばる音が聞こえる。

そこには、鎖で繋《つな》がれ、痩せこけた魔族たちがいた。ナージャと違い、手足は甲殻に覆われていないが、特徴から同種族であることは間違いない。

身体には傷ひとつないとはいえ、乾いた血で汚れた床がこれまでの仕打ちを物語っていた。夜な夜な聞こえてくる呻き声は、虐待される魔族の声だったのだ。

「パパ！」

ナージャは、そのうちの一人を抱きしめた。

「お前か、ナージャ。どうしたんだ、その身体……」

「私、頑張ったよ！　いっぱい特訓して、いっぱい強くなった！　それから、呪いで少し変わっちゃった……。でも、みんなを助けるために頑張ったんだよ！」

堪《こら》えきれず、大粒の涙を流し始める。ナージャの父もまた、やつれた頬《ほお》に一筋の涙を流した。

伝えたいことは山積みで、しかし嬉《うれ》しさで言葉にできない。泣きじゃくる姿に屈強な戦士の面影はなく、そこにいるのは一人の少女であった。こちらの方が、本来の彼女の姿なのだろう。

そしてナージャは、背後に人間たちがいることを思い出し、顔は再び険しくなった。

「うるせえ！　威厳保つために頑張ってんだよ！　これでも魔王軍だぞ！」

「何も言ってねえだろ！　気にせず感動の再会続けろ！」

「もういい！　外に出るぞ！」

「ナージャ、なんだその言葉遣いは。それに、魔王軍とはなんの話だ！」

「パパは黙ってて！」

気まずい空気が流れたが、とにかく逃がすことが先決だった。

枷《かせ》を外し、どこか負傷していないか確かめる。しっかりとではないものの、全員足腰が立つようで、エリーリヤに気づかれる前にと足早に地下牢を発《た》った。

小屋から出てきた魔族の一団を目にし、アレスたちは頭を抱える。悪だと断じた者が被害者で、悪だと断じきれなかった者が悪だったからだ。

「何が真の悪かが見えてきたな……」

悩ましげにしたのも束《つか》の間《ま》、武器を下ろしたアレスは真剣な眼差《まなざ》しをしていた。

「お前たち、こいつらが海に帰るまで護衛してやれ」

「うん、分かった」

「りょーかーい」

アレスの仲間の二人は、二つ返事で護衛の任を引き受けた。決断を疑うことなく、それが為《な》すべきことと信じて。その様子から、アレスがどれだけ信頼されているのかが窺《うかが》えた。

アレスは、敵だった者たちを毅然《きぜん》と見送る。その目に、敵意はもうない。

猛鮫《たけみずち》族たちは足元がおぼつかない者に肩を貸し、寄り添うように海へと向かう。

「借りは返せたら返す」

ナージャは去り際に言い、それきり振り向くことはなかった。

その背中が小さくなるまで見守ると、アレスは自身が為すべきことに向けて動き出す。

「リアン、俺たちはエリーリヤに――」

破砕音が轟《とどろ》いた。

あまりの唐突さに、誰もが動けなかった。

瓦礫《がれき》が周囲に降り注ぐ。その中の大きなものが、広場の制裁ステージを割り砕いた。木組みの台を割ったのは、牛角兜《かぶと》の戦士――トーレクだった。

何者かによってトーレクが吹き飛ばされたと理解してから、ようやく音の鳴った方を見る。そこには、半壊した屋敷があった。這鮫《はいざめ》たちの侵攻が届かず無傷であったというのに、今では内側から爆発したように崩れている。

トーレクの身体には、大きく鋭利な金属片が甲冑《かっちゅう》を貫通していくつも刺さっていた。身体が微《かす》かに動いていることから、息はあるようだったが、溢れる血の量が多い。このままでは、出血多量で危険な状態になる。

「トーレク様！」

神官の女性がいち早く駆け寄り、治癒魔術を掛けた。

「静かになったかと思えば、人のオモチャに何やってんの？　せっかく淹《い》れたお茶がまずくなったわ」

砂埃《すなぼこり》が夜風に流される中、かろうじて原形を留《とど》めていた玄関扉からエリーリヤが現れた。

彼女がここにいるのは、逃げ遅れたからではない。町が襲われていたというのに、優雅にお茶を楽しんでいたのだ。

「これも全部アンタの手引き？　腕も気持ち悪くなってるし、魔物に成り下がったってことよね？　つまり、アンタへの攻撃は正当防衛ってこと。死んじゃっても文句言わないでよね？」

見ると、トーレクの左腕は這鮫《はいざめ》のものに似た硬質な甲殻に覆われている。それはサイコが急ごしらえで作った腕で、人のそれとは違う異形の腕だ。堅牢《けんろう》で剛力を得るとはいえ、人の身からは外れる。

「いやあ、足止めはなんとか……間に合ったようだけど、やっぱり、怒らせちゃったねえ……。逃げた方が、いいよ、君たち……」

息も絶え絶えに、トーレクは言葉を絞り出す。

「アンタが余計なことばっかりしてるの、知ってるんだからね。居場所がなくなった前科《ぜんか》者《もの》、アンタの故郷に住まわせてるでしょ。それで今回はオモチャを逃がした。犯罪者と魔物に手を貸すなんて、制裁されても仕方ないわよね？」

自らが法であるとでも言いたげな、傲慢な理屈。事実、逆らえる者がいないこの場では、エリーリヤこそが法であった。

彼女の機嫌を損ねれば、ガルドルシアとの関係が悪化する懸念がある。扱いには慎重を期さねばならない。

それでもアレスは、エリーリヤの真正面に立った。

「この襲撃の発端はあなたにある。あなたが魔族に手をかけなければこうはならなかった」

「それが何？　アンタたち隊士だって魔物殺してるじゃない」

「我々が魔物に刃《やいば》を向けるのは、民を守るためです。あなたのように欲を満たすためではない」

「……で、結局何が言いたいわけ？」

口答えする新人隊士に、エリーリヤは段々苛《いら》ついてくる。

「衛盾隊《えいじゅんたい》の隊士として、町の平和を乱すあなたを拘束する。魔族の拉致、及び虐待。これらは仲間の魔族を刺激することに繋《つな》がり、平和を乱す行為だ。我々ガルドルシアの隊士も、これについては法的に動けると約束されている」

「…………は？」

その答えがあまりにも拍子抜けで、一瞬だけエリーリヤは間の抜けた表情になった。

「なにそれ、法的拘束……？　つまんな……。止めたいなら殺す気で来なさいよ。アンタなんかに止められるはずないけどね！」

呆《あき》れを通り越し、絶望すら感じる。

「俺があなたに勝てないことは百も承知だ。だがそれでも、俺はやらねばならない」

エリーリヤは、抵抗者の目に宿る光を見た。殺すつもりもなく腑抜《ふぬ》けているくせに、まったく恐れを抱いていない。

恐怖を与えることに執着するエリーリヤにとって、恐怖を抱いていないということは存在否定に近い意味を持っていた。

「……ったく、どいつもこいつも、なんでエリーリヤの邪魔をするの！　なんでエリーリヤを見てくれないの！」

叫び声とともに、エリーリヤの手から何かが放たれた。

アレスは、咄嗟《とっさ》に迫り来る何かを盾で弾いた。被ろうとしていた兜が、音を立てて地面に転がる。不意を衝《つ》かれたというのに、アレスは冷静に剣と盾を構え、その身に蒼雷《そうらい》を纏わせる。

「その目、嫌いだわ」

エリーリヤの手には、いつの間にか刃《やいば》を連ねた鞭《むち》のような武器が握られている。連刃鞭《れんじんべん》は長く、振りもしないのに触手のように蠢《うごめ》いていた。

「お覚悟を」

アレスは地を蹴った。蒼雷《そうらい》を纏った足は石畳を割っていき、アレスは落雷の如《ごと》き速さで距離を詰めていく。

しかし、瞬《まばた》きすら許さないほどの速さの戦士を、エリーリヤは連刃鞭《れんじんべん》で迎え撃つ。鞭はうねり、迫り来るアレスを的確に狙った。

不規則に、だが急所を正確に狙ってくる鞭を、アレスは盾で弾き、剣でいなす。

雷電と金属音が耳障りな響きを奏でた。

アレスは最後に強く踏み込み、剣を振りかぶる。

しかし、その剣は振り下ろされることはなかった。

「ざァんねん。もう一本ありまーす」

左手から伸びる連刃鞭《れんじんべん》が、アレスの右腕を貫いていた。

「まだまだァ――――ッ！」

その程度では怯《ひる》みもしないアレスは、鞭で貫かれたままの腕を無理やり動かし、剣をエリーリヤに向けた。

「《貫け――――」

雷電を放とうとした瞬間、アレスの腕は内側から無数の鉄棘を生やした。

「ぐぁあああああああああ――――ッ！」

アレスは絶叫し、気を失う。

「あら、絶望した目を見たかったのに、つまんないわね」

心底面白くなさそうに、エリーリヤは呟《つぶや》いた。

「まあいいわ、制裁はまだ終わってないのよ」

気を失ったアレスに向けて、エリーリヤはもう一方の連刃鞭《れんじんべん》を振るう。

その強靱《きようじん》な刃《やいば》がアレスの纏《まと》う金属鎧《よろい》を容易《たやす》く穿《うが》つ……はずだった。

「《壁よ！》」

光の壁が鞭を弾く。

アレスの前に飛び出したリアンが、魔障壁を展開する。

「何のつもり？　邪魔するとアンタも殺すけど」

「もう勝負はついたでしょ！」

「勝負じゃなくて、制裁なんだけど？　あ、もしかして勝負のつもりだった？　雑魚すぎて分かんなかったわ、ごめんなさァい」

リアンは歯を食いしばる。口を開けば、汚い言葉が出る自信があったからだ。

悔しさと恐れで涙目になるリアンの顔を見るなり、エリーリヤは上機嫌になった。

「にひっ！　じゃあ次はアンタと勝負ね。そこの雑魚を守りきれればアンタの勝ちよ。それで勝てば、大人しく拘束されてあげるわ。まあ、勝負にならないだろうけど」

「自慢じゃないけど、私、魔術院では一番魔障壁が得意なのよね」

「へえ、そう。それなら、壁も自信も一撃で砕いてあげる」

連刃鞭《れんじんべん》が赤い霧となって霧散すると、鞭で無理やり立たされていたアレスは地に倒れた。

エリーリヤは、次の武器を作り出すつもりだ。

「《壁よ、重ねて我を守りたまえ！》」

新たな光の壁が重なるように発生し、三重の魔障壁となってリアンたちを守る。

石壁すら容易に破壊する這鮫《はいざめ》の突進を、一寸の揺るぎもなく跳ねのけ続けたリアンの魔障壁だ。それが重なり、まさに要塞の体《てい》を成す。

リアンは、守りだけなら誰にも負けない自信があった。護国聖盾《ごこくせいじゅんしょう》将の姉にいつか追いつけるだろうと周囲からも噂《うわさ》され、期待されている。

アレスともども偉大な兄姉を持つ者としての宿命ではあるが、幼き頃から優秀な兄姉と比較され、劣等感に苛《さいな》まれる日々を送っていた。それを血の滲《にじ》むような努力で力を手にし、ようやく背中が見える位置にまで来た。

ここで負けるわけにはいかない。大切な人を守るために。

ここで負けるようならば、姉には追いつけない。

ここで負ければ、努力しようとも類《たぐい》稀《まれ》な才能には追いつけないことを証明してしまう。

強い思いを乗せて展開されたリアンの三重魔障壁は、エリーリヤの一撃で割られた。

「え？」

それはあまりにも一瞬で、身体に衝撃が走った後でも何が起きたか理解ができなかった。

エリーリヤが軽く飛ばした血の滴は、鉄柱の連なりと化し、魔障壁を砕いてリアンの身体を衝いたのだ。

わけも分からず天を仰ぎ見るリアンの目には、勝手に涙が溢《あふ》れ出した。

「ほら、雑魚。アンタたちみたいな才能なしがエリーリヤに勝てるわけないじゃない。自分は凡人じゃないって信じたくなるのは分かるけど、いい加減現実を――」

言い終える前に、エリーリヤは吹っ飛んでいた。

ホムラは、自分が無意識にエリーリヤを殴ったのだと気づくのに、少しの時間を要した。燃える自分の拳に熱さと痛みを感じ始めたのと同じくして、憤怒が口からついて出てきた。

「逆らえばみんなが危険な目に遭うとか、ガルドルシアとの関係がどうとか、どぉおおおおおおおでもいいですッ！」

ホムラの右目に炎が灯《とも》り、熱によって風が舞う。

「私の友達をこれ以上悪く言うのは許しません」

友人を貶《けな》されたという事実が、ホムラを衝き動かす。

顔を殴られたエリーリヤは、半ば放心状態になっていた。

「は？　殴られた？　エリーリヤが？」

うわ言のように呟《つぶや》き、殴ってきた張本人の目を見る。

「またその目……。その目で見るなって言ってんのよ……」

「私となら、『勝負』になると思いますよ。あ、一方的な『制裁』になっても許してください ね」

ホムラは自らを奮い立たせるために嘯《うそぶ》き、エリーリヤに杖《つえ》を差し向けた。

ホムラは、『理不尽』に抗《あらが》う。

誰かが彼女を止めなければならないが、余力があるのは自分だけ。無意識で殴ったことが発端となったが、どのみち戦う決断をしただろう。頭の奥底で、為《な》すべきことを理解していた。

「勝負？　制裁？　……違うわ」

エリーリヤはゆらりと立ち上がる。火傷《やけど》を負っていた頬《ほお》も、すでに治っていた。

「これから始まるのは、ただの処刑よ」

向けられた殺意に、ホムラは動じない。

二人は距離を取り、相対す。

「アンタにエリーリヤの『血操鉄錬《けっそうてつれん》』がどんな魔術か教えてあげる。流れ出た血を操り、血を媒体にして鉄の武具を生み出すの」

淡々と、だが殺意を込めて言う。

「それは見ていれば何となく分かりましたよ」

説明されるまでもなく、今までの戦いを見ればおおよそ察しがついた。

だが、エリーリヤが言いたいことはその後にあった。

「なら、今日、この町で、どれだけの血が流れたか……分かる？」

「え、まさか……」

ホムラの顔に、冷や汗が一筋。

エリーリヤが、自らの血を添わせた針拳《はりけん》を石畳に勢いよく突き立てると、その場を中心に地面が脈打ち始めた。

「まずい、逃げるんだ！」

トーレクは叫び、治療してくれた神官を担いで走り出した。それに連なり、付近の隊士たちも逃げる。しかし、サイコたちだけは広場のすぐ外にとどまり、観戦の構えをとった。

地面の鼓動は、広場の外へと広がっていき、町の全域にまで及んでいく。

「まさかまさかまさか……！」

「《抉《えぐ》り斬れ！　圧し潰せ！　轢《ひ》き殺せ！》」

針拳《はりけん》を重々しく引き抜くのに同調して、汲《く》み上げられるように町中から血霧の柱が上がり、広場に集まってくる。

「《針拳《ハリケ》ェエエエエエエエエエエエン——ッ！》」

詠唱に呼応して、血の奔流は円を描くように高速で渦を巻き、巨大な血霧の車輪を形作った。

「《血円爪《チエンソ》ォオオオオオオオオオオオオ——ッ！》」

さらに吼《ほ》え、血霧の車輪の縁に大きく鋭利な金属塊の連なりが錬成されていく。血の車輪は、ついには巨大な回転ノコギリと化したのだ。その凶悪で巨大な姿は、バケットホイールエクスカベーターという超巨大重機を彷彿《ほうふつ》とさせる。

「…………………」

ホムラは開いた口が塞がらず、溢《あふ》れ出る炎も怒りとともに完全に鎮火した。

「…………みんなで力を合わせて戦いませんか？」

強大な敵には、味方と手を取り合って戦うべきだ。

「お前が始めた喧嘩《けんか》だろ」

「応援しておるぞ」

「頑張れー」

「頑張って……!」

だが、誰も手を取ってくれなかった。仲間は全員広場の外から見守っている。

「やってやろうじゃないのおおおおお――ッ！」

ヤケクソになったホムラが最初に取った行動は、石畳を抉り進む血円爪《ちえんそう》を横っ飛びに避けることだった。

「言っておくけど、簡単には殺さないから」

そうは言うものの、掠っただけでも瀕死《ひんし》になる攻撃だ。

エリーリヤが拳を突き出すと、衝《つ》き動かされるように血円爪《ちえんそう》が地を駆ける。

速い。しかし動きは直線的で、再び襲い掛かってくるまでには時間がある。

とにかく反撃しないと。ホムラは思い、避けざまに炎を噴射した。

しかし、まったく威力が足りない。高速で回転する血円爪《ちえんそう》は風を纏い、生半可な火力では爪部に届きもしない。

ホムラは視線を巡らす。どうにかして弱点を見つけたい。

そして気づく。術者であるエリーリヤの様子がおかしいことに。

はじめの場所から一歩も動いていない。強大な魔術を使って意識が霞《かす》んでいるのか、微《かす》かに身体がふらついていた。

「直接攻撃なら！」

再び血円爪《ちえんそう》が向かってくる前に、ホムラは走り出す。何度も血円爪《ちえんそう》に抉《えぐ》られ、瓦礫《がれき》が散乱して足場が悪い。足を取られそうになりながらも、ホムラは気合で走った。

意識が不確かなら、付け入る隙がある。そこを狙うしかない。

「そこだあああああああ――ッ！」

適当に火を放っても燃やせる距離まで詰め、杖に炎を込める。

避ける素振りがない。やはり強大な術の行使に意識の大半が割かれているのだ。

しかし、炎を噴射しようとした直前、エリーリヤがなぜそのような隙が生まれる魔術を使ったのか不審に思った。何か策があるはずだ、と。

そう考えていたときにはもう、ホムラの横っ面にエリーリヤの足が迫っていた。

ホムラは顔面に強烈な蹴りを受け、吹っ飛ぶ。取り落とした杖が石畳を打ち、硬質な音が鳴った。

「この状態で体術ができないとでも思った？　才能なしの雑魚相手なら寝ながらでも殺せるのよ」

地面に転がるホムラを嘲笑する。エリーリヤは、近接戦闘が得意ではない相手ならば、ほとんど条件反射のような攻撃だけで勝てるのだった。

「あいつ、強《つえ》えなあ」

「かなりの手練《てだ》れだな。万全の某《それがし》であれば敵ではないが」

観戦しているサイコたちは、呑気《のんき》にエリーリヤを評価していた。

「くそぅ、後で殴ってやる……」

ホムラは歯嚙《はが》みした。離れても近づいても勝てない。心身の消耗を狙って戦いを長引かせれば、その分こちらも死に近づく。

「いい目になってきたわねェ！　でもまだまだ絶望が足りないわ！」

エリーリヤが手を上げ、広場の隅で気絶しているリアンとアレスの頭上に血円爪《ちえんそう》を浮かばせた。

「アンタが調子に乗ったせいで、このクソ雑魚どもは死ぬのよ！」

「リアン！」

「絶望に圧し潰されなさい！」

「リアン、逃げて！」

手を振り下ろすと、吊《つ》っていた糸が切れたかのように血円爪《ちえんそう》は重力に従い始めた。超重量の鉄塊は、動かないリアンたちの身体を圧し潰そうと迫っていく。

だが次の瞬間、広場は爆音に包まれ、目を背けてしまうほど明るくなった。

「……は？」

光が落ち着き、状況を把握しようとしたエリーリヤは、気の抜けた声しか出せなかった。

「また後悔するところでした……。抗《あらが》わないと、戦わないと、焼かないと、大切なものを失っちゃう」

ホムラの右手には、炎の残滓《ざんし》が揺らめいている。血円爪《ちえんそう》の凶刃は、リアンに届くことなく、爆焔によって焼き飛ばされていたのだ。

怒りが頂点に達したホムラの身体には再び炎が宿り、背には炎の輪が顕現していた。

「覚悟してください。私の炎は凶悪ですよ」

足元から燎原《りようげん》の火が広がっていく。

「なによ、アンタ……。何者……いや、何なのよ！」

ちらちらと足元を焼かれるエリーリヤの目に、ついに恐怖の色が混じる。

「まだ余力はあるのよ！　《針拳血円爪《ハリケンチエンソウ》！》」

拳をもう一度地に突き立てると、血円爪《ちえんそう》が広場上空に現れた。その数、四つ。

エリーリヤは拳を突き出すと、四つの血円爪《ちえんそう》が同時にホムラに襲い掛かる。四つ同時に動かすのはかなりの負担らしく、もはや立っているのがやっとのようだ。

血円爪《ちえんそう》は、石畳を抉りながら突進してくる。四方面からの同時攻撃。ひとつを避けたとして、別の血円爪《ちえんそう》が襲い掛かる。逃げ場はなく、エリーリヤに近づく隙もない。

逃げ場はないが、もとより逃げるつもりはない。

ホムラの前髪が、熱せられた空気で舞い上がる。髪に秘されていたその右目は、煌々《こうこう》と光り輝いていた。

燃え上がる炎を湛《たた》えた瞳が、迫り来る血円爪《ちえんそう》を捉える。その瞬間、空に四つの爆焔が描かれた。

「な……」

爆焔が消失した後には、血円爪《ちえんそう》の欠片《かけら》も残っていない。

エリーリヤは、にわかに信じがたい光景を目の当たりにして、ただ喚《わめ》き散らす。

「なんなのよ、その力！　怖がるのはアンタだけでいいのよ！　なんでエリーリヤがアンタを怖がってるのよ！」

「いい目ですよ！　でもまだ絶望が足りませんねぇッ！」

ホムラの纏《まと》う火が、いっそう燃え盛る。一方で瞳に宿っていた炎は消え、負担が大きかったのか右目から血の涙が流れ始めた。それでもホムラは笑っている。

「その目！　その目！　その目ぇえええええええええええッ！　それが気に入らな

いって言ってんのぉおおおおおおおお――ッ！」

　そう叫ぶエリーリヤは余裕がないのか、血円爪《ちえんそう》を出してこない。ふらつく身体で近接戦闘の構えを取り、針拳《はりけん》で殴りかかってくる。

「勝負になりませんでしたね」

　炎が広場を揺らし、照らす。

　ホムラは、満身創痍《まんしんそうい》のエリーリヤを容赦なく炎に包んだのだ。もちろん手加減しているので死にはしないが、動けなくなる程度には重傷を負うはず。

　呆気《あっけ》ない幕切れに物足りなさを感じ、燃え盛る欲望が顔を出そうとしていたが、物足りなくていいとホムラは心を落ち着かせた。

　視界の隅では、急いで戻ってきたアレスの仲間が二人を回収している。

　あとはエリーリヤを治療してもらい、拘束するだけだ。

　これにて一件落着。そう思った瞬間、強烈な冷たさが背筋を上った。

　直感的にエリーリヤに目を向けると、そこには不気味な赤い光が胎動していた。

　その光の出処《でどころ》は、エリーリヤの首に巻かれてあるチョーカー、その装飾品である赤い宝石からだった。

「え？　何が起こって……？」

「まずいぞ、ホムラ。一目見たときから嫌な気配がすると思っていたが、あれはこの妖刀と同じ呪物だ」

呪物の感触を知るジンが言う。

「操られてるってことですかッ？」

「呪物？　操られてる？　そんなの知らないわ……。でも、力が湧いてくる……」

エリーリヤの赤く爛《ただ》れていた肌がみるみる治っていく。

「アンタら全員ぶっ殺して、この町全部ぶっ壊すくらいのねぇッ！」

起き上がったエリーリヤが針拳《はりけん》を地面に突き刺すと、町に染みついた血を一滴残らず絞り出すように血の奔流が広場に集まってくる。

「《荒擂屠《ラスト》ッ！　血円爪《チエンソ》ォオオオオオオオオオ――ッ！》」

荒擂屠血円爪《らすとちえんそう》は先の五つよりも巨大で、連なる鉄塊は無造作に群れ集い、しかし殺意に満ち満ちた鋭利さを誇っていた。

おそらくエリーリヤ自身にも余力はない。首元の呪物がエリーリヤの力を無理やり増幅させているのだ。

「潰れろぉおおおおおおおおおおお――ッ！」

荒擂屠血円爪《らすとちえんそう》は、先の五つとは比較にならないほど高速で回転し、砕いた石畳を弾《はじ》き飛ばしながら突き進んでくる。

一直線に迫る重厚な殺意に、ホムラは左手を差し向ける。

「燃えろぉおおおおおおおおおおおおおお――ッ！」

その瞬間、凄《すさ》まじい熱と光が広場を呑《の》み込み、町中に爆音が轟《とどろ》いた。

極大の爆焔を出したホムラの左腕は焼け焦げ、だらりと垂れる。

「な…………！」

しかし、凶悪な血円爪《ちえんそう》はその表面を焦がしただけで、依然として健在だった。

爆焔をかき分けて突っ込んでくる血円爪《ちえんそう》を紙一重で避け、ホムラは瓦礫の上に倒れ込む。

至るところをすりむき、いくつもの破片が皮膚を突き破った。

「っツ――！」

痛みをこらえる暇もなく、血円爪《ちえんそう》は広場の外を壊しながら旋回し、戻ってくる。

今度はホムラが満身創痍だった。右目はよく見えず、左腕は使い物にならない。それでも迫ってくる血円爪《ちえんそう》を何度も避けた。

巨大血円爪《ちえんそう》はついでのように町を破壊していく。避難所である大風車や城壁にまで破壊の手が及びそうになり、その度に悲鳴が響いた。

本人を直接叩《たた》くしか。そう考え術者であるエリーリヤに目を向けると、エリーリヤの周囲には彼女を守るように無数の有刺鉄線が蠢《うごめ》いていた。

「こ、これじゃ近寄れない！　……いや、それどころじゃ――」

そこで気づく。エリーリヤの様子がさらにおかしくなっていることに。

エリーリヤは強大な魔術を行使しており、当然負担は凄まじい。そのため、エリーリヤは鼻血を噴き出し、血の涙を流している。口からはごぼごぼと血が零《こぼ》れ、目は虚《うつ》ろだった。

「エリーリヤさん、もうやめてください！　死んじゃいますよ！」

エリーリヤは呼び掛けに応じない。声が届いていない。操られてはいないと本人が言っていたが、この様子は普通ではない。

「おいホムラ！」

サイコが叫ぶ。

「そういやさっきのサメ女が『もう一人仲間がいる』っつってた！　もしかしたらそのクソガキ、魔王の差し金でおかしくなってんぞ！」

「確か、この町に来ることになった原因が、荒れた性格がさらに荒れたからって……」

エリーリヤは誘拐事件を機に性格が荒れたが、何かきっかけがあったのか、性格がさらに激化したらしい。そして約一年前、その性格激化が原因でオーレリークへと送られた。

「もしかして、そんなに前から魔王の手が……！」

再びエリーリヤを見ると、虚ろな目で救いを求めているように見えた。

本人も気づいていないうちに、精神干渉がその身を蝕《むしば》んでいたのかもしれない。

「助けなきゃ……」

ホムラは傷だらけの右拳を握りしめる。

「制裁でも、勝負でもない。やるべきは、救済！」

全身に走る痛みを根性で無視し、エリーリヤを救うと宣言した。

「確実に！　一発で！」

しくじれば、自分が殺される。

やるならば、一撃で壊さなければならない。

迷っている暇もない。

胸に湧いた衝動は、死への恐怖すら吹き飛ばした。

「待っていてくださいね、エリーリヤさん」

逃げ回っていれば、それだけで命を削り続けているエリーリヤは死ぬだろう。そうすれば、わざわざ自分の身を危険に晒《さら》さなくて済む。

だが、死んでもそうはしない。

目の前の少女を救えと、熱い衝動がホムラを焚《た》きつけた。

「熱《ねっ》――ッ！」

ホムラは死ぬ気で駆ける。

「拳《け》えええええええん――ッ！」

振り上げる右拳は燃えあがり、赤熱する。

駆ける足が踏みしめた場所に、火柱が上がる。

「救《きゅ》ぅうううううううううううううう――ッ！」

蠢《うごめ》く有刺鉄線がホムラに襲い掛かり、刺し、刻みながら巻き付く。

しかし、ホムラは止まらない。熱を持った身体が、絡む有刺鉄線を溶かす。

背後に巨大血円爪《ちえんそう》が迫っている。エリーリヤを救う、その一心でホムラは燃やす。

「済《さ》ぁああああああああああああああああああああああい――ッ！」

残虐で非道な、しかし悲劇の少女を、惨劇の元凶であるチョーカーごと、ホムラは渾身《こんしん》の力と炎を込めてぶん殴った。

轟音《ごうおん》、灼熱《しゃくねつ》、眩耀《げんよう》。まるで太陽が落ちたかと錯覚するほどの炎は、町を真昼のように照らす。

そしてホムラは呟《つぶや》いた。

「や、やりすぎたかも……」

エピローグ　『打ち明けた胸の内』

The Devil's Army, Decimated
By My Flame the World Bows Down

「殺すなら殺しなさいよ、この雑魚！　うわぁあああああああああああん！」

エリーリヤはへたり込み、泣きじゃくる。

「だから殺しませんってば。落ち着いてください」

幼児をあやすようにホムラは言ってみせるが、エリーリヤは話を聞かない。

「うるせえな、このガキ。お望み通りにしてやった方がいいんじゃねえか？」

「そんなこと言うから余計に泣くんじゃないですか！」

段々と苛《いら》ついてきたサイコが毒づく。

戦いは今度こそ終わり、町に静けさが戻った。……中央広場に金切り声が響いている以外は。

負傷者の治療が無事に済み、かなりの痛手を負っていたトーレクやアレスたちも瓦礫《がれき》の撤去作業に参加している。

エリーリヤは顔面を中心に上半身を大火傷《おおやけど》し、ギリギリ生きているという有り様だった。

殴ったホムラ自身、勢い余って殺してしまったのではないかとヒヤヒヤしていたが、エリーリヤの身体強化魔術は強靭《きょうじん》も強靭で、最悪の事態は回避できていた。

「エリーリヤ、大丈夫か！」

「うるさい！　エリーリヤの気持ちなんて分かってないくせに！」

治療が済み意識が戻ったエリーリヤは、自分の置かれている状況を理解し、大罪人として処刑されるのだと思い込んで絶賛大泣き中である。駆け寄ってきた父親にすら、強い拒絶を示している。

「エリーリヤさん、安心してください。本当に殺しませんから」

「じゃあどうすんのよ！　……分かったわ、みんなの前で嬲《なぶ》るんでしょ！」

「そんなことしませんよ」

「嘘《うそ》よ、信じないわ……」

優しく言って聞かせるホムラに、エリーリヤは少し落ち着きを取り戻す。

「もっと酷《ひど》くて辛いことしてもらいます」

「うわぁあああああああああああん！」

取り戻した落ち着きを、ホムラは叩《たた》き壊した。

「お前もビビらせてんじゃねえか！」

「いや、泣いてる姿が可愛《かわい》くて、つい……」

「お前、ヤバ……」

生意気な少女が意のままに泣き喚《わめ》くのを見て、ホムラは謎の背徳感にゾクゾクしていた。

そんなホムラを見て、サイコはゾッとしていた。

「でも本当にエリーリヤさんを傷つけたりはしませんよ」

「だから、何するのよ……、何されるのよ……」

ホムラはしゃがみ、エリーリヤに目線を合わせる。

「その前に訊《き》いていいですか？」

「……何よ」

「エリーリヤちゃん、もしかして、怖がらせないと自分のことを見てくれないって思ってますか？」

エリーリヤは小さく頷《うなず》いた。

「エリーリヤが普通の子じゃないから、それが普通なんだって。エリーリヤ、ずっと『エリーリヤ』じゃなくて『金持ちの子』としてしか扱われなくて……。でも、攫《さら》われたとき、攫ったそいつを殺そうとしたら、『金持ちの子』じゃなくて『エリーリヤ』自身を怖がってくれたの……。あのとき、初めて自分が世界にいるような気がして。だから、怖がられないとダメなんだって……」

「そうだったのか、すまない……。私は親失格だ。不自由のない暮らしをさせてやれば、それで十分だと思っていた。お前は文句を言わない子だったから、悩みなんてないと思い込んでいた。こうなったのも、すべて私の責任だ……」

「なによ今さら……」

領主は娘の告白を聞き、その苦悩に気づいてやれなかった自分を恥じた。

「これでまずひとつ目ですね。性格が荒れちゃった理由」

そしてホムラは、宝石の砕けたチョーカーに目を向ける。

「ふたつ目は、そのチョーカー、いつ、どこで手に入れましたか？」

「これは……この町に来る前だから、一年くらい前？　殴っていい盗賊探して町の外歩いてたら、ちょうど商人が襲われてたから助けたの。そしたら、お礼にって……。すごい綺《き》麗《れい》で、似合ってるって言われたから身に着けてたの」

「若干、途中に気になる部分があったけど……まあいいか」

呪物の影響以前に、もともと過激な性格だったらしい。

「これを着けてるときは、いつもより気分がよくて、力も湧いてきて……。ああ、これってエリーリヤを救ってくれるお守りなんだって思ってた。でも……」

「そう、それは実は呪物だったんですよ」

エリーリヤは俯《うつむ》いた。

「おいクソガキ、その商人ってのは、女だったか？」

「うん、綺麗な女の人だった」

「サメ女に『呪血』を渡したのも女だったらしい。もしかすると、お前が着けてたチョーカー、『呪血』の混じった宝石が付いてた可能性がある」

「でも、商人さんは、普通の人間だったのよ？」

「人間に化ける奴《やつ》か、人間が協力してるか。どんな可能性もある」

「そんな……」

魔王軍は思ったより強大で、凶悪で、狡猾《こうかつ》だ。

その話を聞き、ホムラは結論を出した。

「決めました。エリーリヤさんには――」

エリーリヤは身構え、身体を縮こまらせた。

「この町を守ってもらいます」

エリーリヤは言われたことを理解できず、少しの間思考停止した。

「……それだけ？」

「それだけです」

「それのどこが『酷くて辛いこと』なの？」

理解できていないようなので、ホムラはできるだけ棘《とげ》のないように告げる。

「エリーリヤさん、呪物のせいもあったとはいえ、あなたはこれまでに多くの人を傷つけましたよね？」

罪人の制裁や、魔族の虐待。それが引き起こした漁村の壊滅や町の襲撃。呪物のせいとはいえ、元々嗜虐《しぎゃく》的な性格をしていた――正確には「なった」のだが――ため、おそらく被害全てを呪物のせいにはできない。

しかし、だからこそ、まだやり直すことができる。ホムラはそう思った。彼女がなぜ残虐なことを繰り返していたかを知ったのだから。

「あなたに傷つけられた人はあなたを恨むでしょう。あなたの罰は、そんな人たちから後ろ指をさされながらでも、今までやってきたことの重さを背負って、町に尽くすことです。これは死ぬことよりも過酷ですよ」

罪を背負って生きることが、どれだけ難しいことか。人は自分を守るために、罪から逃れたがる。だからこそ、それに向き合うことが最大の罰になり得るのだ。

「そうしていればきっと、町のみんなもエリーリヤさんのことをちゃんと見てくれますよ」

エリーリヤは目を見開き、あり得ない世界を知ったような顔をした。

「本当に？」

「ええ、本当です。はじめのうちは、うまくいかないでしょうけど」

「……どうして、エリーリヤにそこまで言ってくれるの？　悪いことしたから殴ったんでしょ？　呪物がなくたって、たくさんの人を傷つけたし」

「似てるんです。私も、周りの人たちのせいでどう振る舞えばいいのかよく分からなくなりましたから」

エリーリヤは、他人から怖がられようと必死になっていた。自分の存在証明をするために。

「ってわけで、どうにかしてくれますかね？」

後始末の指揮を一通り終えたトーレクも、話を聞いていた。

「そうだね。納得してもらえるように頑張るよ」

「私も国に掛け合おう」

領主もトーレクに続く。

「あと、おじさんの腕がこんなになっちゃったのも、みんなに納得してもらわないとね」

元凶のサイコは空を見ながら口笛を吹いている。白々しい。

「そういうわけで今度は、ちゃんといいところを見てもらえるように頑張りましょう」

「どうせ無理よ……」

やる前から諦めるエリーリヤに、無理にでも背中を押す言葉を投げ掛ける者がいた。

「無理だろうがやれ。それが『持つ者』としての使命だ」

アレスは険しい顔で、しかし敵意のない目で言った。

「『持つ者は持たざる者の盾となれ』。お前の故郷では聞かないかもしれない信条だが、これはどこであろうと真理だと俺は思っている」

「持つ者は、持たざる者の盾となれ……」

アレスから教えられた信条を、エリーリヤは繰り返す。

「業腹《ごうはら》だが、お前が俺より強いことは認めざるを得ない。その力は誰かを傷つけるためでも、自分のために使うでもなく、誰かを守るために使え」

自分を痛めつけ、罵倒した相手でも、アレスは高潔な志でもって接する。そしてその言葉は、結果的に誰かのためになっているものの、自分勝手に力を使っているホムラたちにぶっ刺さった。

「罪を罪だと思うのならば、堂々と背負って償え。それ以外に道はない。もしそれでも理不尽な糾弾をしてくる者がいれば、俺が守ってやる」

「……ああもう、やればいいんでしょ？　やってやるわよ。エリーリヤが守るからには、何があろうと一人も傷つけさせないから」

「いいね、その調子」

金盾隊士《きんじゅんたいし》のトーレクが口添えしてくれるなら、ガルドルシアも悪い扱いをしないだろう。

「俺たちはしばらくの間、ここが任地となっている。俺がいる間は、徹底的にその言動を矯正されると思え」

「私は正直あなたのこと好きじゃないけど、アレス様が言うなら教育係にでもなるわ」

アレスに続き、リアンもまたエリーリヤに厳しくも優しく接する。

「雑魚のくせに……」

とはいえ急に性格が変わるわけでもなく、エリーリヤは小声で悪口を言った。

「聞、こ、え、て、る、ぞ！」

エリーリヤの頭にげんこつが落とされた。

すると、飼い主が襲われていると思ったのか、影から血舐《な》め猫が飛び出してきた。

「シュウウウウウウ――ッ」

不気味な声で威嚇している。

「ミィちゃん、こら！」

エリーリヤが優しく叱りつけると、血舐め猫はごろごろと喉を鳴らしながら、飼い主を舐め始めた。

「なんか、力ずくで従わせてるって感じじゃないわね……」

心の中でそう思っていたリアンが、思わず呟《つぶや》いてしまった。

「何言ってるの？　ミィちゃんはパパからプレゼントされて、小さい頃から育ててるから懐いてるのよ？」

「ああ、可愛かったからな、買ってあげたんだよ」

「普通に懐いてるし！　魔獣プレゼントされてるし！　金持ちって分からないわ！」

それはエリーリヤの根が優しい子であることを示していた。

そんなやり取りを背後に、トーレクは五人に声を掛けた。

「この後のことは心配しないでいいよ。おじさんが何とかしてみせるから。町の復興も、エリーリヤちゃんと町のみんなとの関係も、それに、親父《おやじ》さんとの関係もね。今思えば結局、おじさんもエリーリヤちゃんの親父さんも、悩むふりをして逃げてただけなんだろうね。自分が傷つくのを恐れて、踏み込んであげなかったからさ」

大人なのに不甲斐《ふがい》ないよ、とトーレクは苦笑いした。

「あともうひとつ……。おじさんが動くに動けなかった理由なんだけどね」

それから一際声を落として、ホムラたちにだけ聞こえるように言う。

「捕まってた魔族、あれってシェルス海連合国から秘密裏に贈られたものなんだ。エリーリヤちゃんの攻撃性を発散させるためって体《てい》だったんだけど、今回の事件で分かったよ、向こうに魔王軍の協力者がいる。あるいは、魔王軍の者そのものが唆したか。エリーリヤちゃんを拘束する手はいくらでもある。始末する手もね。それでもそんな手に出たのは、襲撃事件を起こして混乱を招きたかったからだと思うよ。ま、全部おじさんの推測だけどね？」

「いえ、可能性の高い推測だと思います。ファルメア様に報告しておきますね。もちろん、混乱を避けるために他言はしません」

「本当に、ありがとう」

……と、話が纏《まと》まったところで、プロトがうんざりとした声を上げた。

「ねー、そろそろ出発しない？　遠巻きに見られるの気持ち悪いんだけど」

言う通り、プロトとツツミは遠巻きに眺められている。トーレクがいるからこそ問題は起きていないが、そうでなければ何かしら攻撃的な行動に出られていてもおかしくない。町は今まさに、魔物によって壊されたのだから。

「そうですね、行きましょうか」

「なんだお前ら、もう発つのか」

立ち去りそうな雰囲気を察し、アレスが声を掛けてくる。

「お前たちには驚かされてばっかりだ。いい意味でも、悪い意味でも。俺ならこんな形での解決はできなかっただろうな」

アレスは口元を緩ませる。

「案外、お前らみたいな奴が必要なのかもな、この世には」

「だろ？」

「お前はいらん」

サイコのドヤ顔を見もせず、存在自体が不要だとアレスは斬って捨てた。

案の定、取っ組み合い。

「ホムラ、またいつか会おうね」

「そうですね、リアンさん！」

「そのときはまた、呼び捨てにしてね」

「あ……！　起きてたんですかッ？」

リアンが殺されそうなとき、呼び捨てで叫んだ覚えがある、うっすらと。

「ぼんやりと聞こえただけだから、今度はちゃんと聞きたいな」

「善処します……」

意識してしまえば、やはり丁寧語が抜けない。いい子であろうと足掻《あが》いた半生が、どうしようもなく心に染みついている。でも、頑張ってみよう。


語らいもそこそこに、ホムラたちは広場を発《た》った。

トーレク曰《いわ》く「馬車なら好きに使っていいよ」とのことだったので、適当に馬車を借り、プロトがそれを引く。

「それじゃあ仕事も終わりましたし、ガルドルシアに戻りましょうか」

「いや待て、立ち寄ってほしい場所がある」

珍しくジンが望みを言う。

「嫌な予感が……」

ホムラは、なんとなくそうなるのではと警戒していた。だからこそ、その話を切り出される前に、ガルドルシアに進路を取りたかったのだ。

「ああ、スクール村だ。折れた刀を見てもらいたい。同じものは無理だろうが、せめて近いものを作ってもらいたくてな」

日本文化の妙な部分が表れている珍妙な場所、スクール村。

「やっぱり！　妖刀、結局使ったんですよね？　それじゃダメなんですか？」

「扱いが難しい」

「まあ、血を吸いたがる妖刀ですしね……」

仕方ないとはいえ、思わずため息が出る。

「刀だけではない。求めていたあれがあるやもしれん」

いつも真剣な顔のジンが、今は輪をかけて真剣な顔をしている。それほどまでに求めていたものがあるかもしれないらしい。

「『あれ』……？」

そして、言った。

「米」

「行きましょう！」「久々に食えるな」「おにぎり、食べたい……！」

俄然《がぜん》行く気になった。日本人の血が米を求めている。

「まったく、やっぱり理解できないなあ……人間って」

馬車の外で蚊帳の外のプロトだけが、冷ややかな目をしていた。

「でも、分かり合えないところがたくさんあるのに居心地がいいっていうのが、僕たちらしいね」

「プロト、何か言ったかー？」

「エネルギー源如《ごと》きでそんなに喜んで、下等生物って大変だなって」

「んだと！」

月明かりだけが照らす静かな森の中を、騒がしい馬車が進んでいく。

あとがき

The Devil's Army, Decimated
By My Flame the World Bows Down

お久しぶりです。すめらぎひよこです。

ついに出ましたね、二巻。一巻が出たのが一昨年の十二月で、二巻は年を跨《また》いで、もう一度跨ぎかけて十二月末。こんなに間隔が空いたのは、何か深い理由があるに違いない。きっとそうだ。

んなもんあるかい、バカタレが！　作者が遅筆なだけなんじゃ！　っていうのは嘘《うそ》！　色々ありました！　発端は遅筆ですけどね！

遅筆を発端に、ドミノ倒しのように様々な事情が起こりまして、発刊が遅れに遅れました。えへへ。

何を隠そう、担当編集者さんが二回も変わりました。

どちらも仕方のない事情で変わることになりまして、最終的にはレジェンド編集さんが担当してくださるようになりました。アニメ化もした誰もが知る作品を担当していた編集さんです。一時期はラノベ編集から退いていたようですが、復帰しようとしていたときに、ちょうどぷらぷらになっていた僕がいたらしいです。なんたる巡り合わせ。なんで、編集さん毎《ごと》に作品の方針が違うもので、その度に改稿して……っていうのが発刊が遅れた大きな理由ですね。

ただ、見返す時間が単純に増えたのと、様々な視点からの分析とアドバイスによって作品も作者も成長したと思っています。特に、自分がホムセカをどういう作品にしたいのかを見つめ直すきっかけになりました。

最終的には、自分も納得できる作品になったので、遅筆が巡り巡っていい結果になったなぁ、と。

でも読者様を待たせていることには変わりないので、これからは発刊ペースを早めていきたいです。作家としての腕が一段上がった気がするから、期待してね！

さて、自分を取り巻く人間関係で変わったのは、担当編集者さんだけではありません。背景担当イラストレーターさんが変わりました。徹田《てった》先生、今回からよろしくお願いします！　ジンに似合う、爽やかで素晴らしい背景イラストをありがとうございます。そして「魔王軍、ぶった斬ってみた」とかいう物騒なサブタイトルでごめんなさい。あ、前担当の mocha《モカ》 先生と喧嘩《けんか》別れしたとかじゃないので、心配しないでね！

メインイラストレーター――は、引き続き Mika Pikazo《ミカピカゾ》 先生が担当してくださります。今回もイキイキとした素晴らしいキャラデザインをありがとうございます！　あと、口絵のプロトの太もも！　プロトの太ももでハサミギロチンされたい……そう思った読者さんは多いと思います。僕もそうです。ありがとうございます。ありがとうございます。いつか先生の個展に行きたい。

そしてホムセカのコミカライズも始まりまして、作画はこゆき先生が担当してくださいます。コメディとシリアスを行ったり来たりする本作を巧みに表現できる、素晴らしい漫画家さんです。コミカライズって、ただ単に小説を漫画にするだけじゃないんですよ。小説的な表現を漫画に合うように表現したり、漫画の尺に合わせながら自然な流れで内容を変えたり、と。小説と漫画では情報の詰め込み方が違うので、別分野ながら創作家として勉強になっております。原稿確認が毎回楽しみです、特にサービスシーン。

お三方のイラストや漫画を受け取る度に、興奮で奇声を発しながら家中を走り回っております。これは本当です（嘘）。

さてさて、今度は内容について語ります。今回はジンとプロトが活躍しました。掘り下げについては、ジンがメインでしたけど。二巻は、ジンが己の葛藤と向き合う物語です。

彼女、実は結構不器用なタイプなんですよね。それが自分の本心に気づくことによって、これからを前向きに歩けるようになります。……前向きか？　あまり真似《まね》してほしくない前向きさですね。

あとがきから読む派がいるそうなので、ジンについて語るのはここまでにしましょうかね。

ホムラも徐々にではありますが、成長しています。能力面だけでなく、精神面でも。そして、ジンとのまさかの関係も判明しましたね。多分、ジンはその関係をずっと黙っていると思います。というかこの五人は、お互いに深くは踏み込みません。

前巻と今巻でホムラとジンの過去が明らかになっていますけど、本人以外はそれを知りません。言いたくないなら言わなくていい。言う必要がないから言わない。そしてお互いに「それでいい」と思っています。でも、仲間としてできることはする。つかず離れずな距離感ですが、深い所では繋《つな》がっている。そんな五人です。

ともあれ、今回も濃いキャラが書けて楽しかったです。しょうもないパロディも書けてよかった。これからもジャンクフードみたいな濃いキャラと王道なストーリーという、ハンバーガーみたいな小説を書いていくので、よろしくお願いします。「書いていくので」

とか言いましたけど、まだまだ先行きは不安なので、どうか応援よろしくお願いします！　どんどん布教もしてね！　最終巻まで頑張りたい！

とまあ、そんなこんなであとがきを終わりたいと思います。ぜひ三巻でお会いしましょう。三巻は聖都ガルドルシアがピンチに陥ります。そこでなんとサイコとツミが活躍！　ホムラの超能力についてちょろ〜っと触れるし、魔王軍幹部もちらっと出てきて物語が動く予定です。

というわけで、三巻をお楽しみに！　頑張って出すから！

追記：APEXのプレイ時間が1000時間を超えましたが、なかなか上達しません。2000ハンマーはいくつか取りましたが、それ以上はなかなか……。何事もそうですが、漠然とやってれば漠然とやって到達できる場所にしか行けませんね、当たり前ですが。作家業も趣味も、精進の毎日でございます。

「ホムセカ」2巻！
今回もホムセカの皆は
血まみれ、傷だらけで
ワクワクしました。
がんばる女の子って
かわいいですね…!!
新キャラもかわいくて
最高でした！
ありがとうございます！

ッ！
「ホムセカ2」
祝刊行！
おめでとう
ございます！
初めまして！
この度背景画を担当させて
いただきました、徹田と申します。
実は一巻でもモノクロ挿絵の背景を
一部お手伝いさせていただいて
おりましたが、引き続きホムセカの
制作に携わることが出来て
とても嬉しい限りです。
精一杯楽しんで
描かせていただきました！
ホムセカはキャラクター達が
皆個性的で会話が楽しくて
何よりとっても可愛いですね…
私は中でもツツミちゃんが
心に刺さっております…
これからも皆の活躍が楽しみです！
ご購入いただき誠に
ありがとうございました。
ビバ！スク水！
ハー

我《わ》が焔炎《ホムラ》にひれ伏《ふ》せ世界《せかい》
ep.2《エピソードツー》 魔王軍《まおうぐん》、ぶった斬《ぎ》ってみた

著　すめらぎひよこ

角川スニーカー文庫　23708
2024年1月1日　初版発行

発行者　山下直久
発　行　株式会社KADOKAWA
〒102-8177 東京都千代田区富士見2-13-3
電話　0570-002-301（ナビダイヤル）

印刷所　株式会社暁印刷
製本所　本間製本株式会社
◇◇◇

Printed in Japan　ISBN 978-4-04-113729-1　C0193

角川文庫発刊に際して

角川源義

第二次世界大戦の敗北は、軍事力の敗北であった以上に、私たちの若い文化力の敗退であった。私たちの文化が戦争に対して如何に無力であり、単なるあだ花に過ぎなかったかを、私たちは身を以て体験し痛感した。西洋近代文化の摂取にとって、明治以後八十年の歳月は決して短かすぎたとは言えない。にもかかわらず、近代文化の伝統を確立し、自由な批判と柔軟な良識に富む文化層として自らを形成することに私たちは失敗して来た。そしてこれは、各層への文化の普及滲透を任務とする出版人の責任でもあった。

一九四五年以来、私たちは再び振出しに戻り、第一歩から踏み出すことを余儀なくされた。これは大きな不幸ではあるが、反面、これまでの混沌・未熟・歪曲の中にあった我が国の文化に秩序と確たる基礎を齎らすためには絶好の機会でもある。角川書店は、このような祖国の文化的危機にあたり、微力をも顧みず再建の礎石たるべき抱負と決意とをもって出発したが、ここに創立以来の念願を果すべく角川文庫を発刊する。これまで刊行されたあらゆる全集叢書文庫類の長所と短所とを検討し、古今東西の不朽の典籍を、良心的編集のもとに、廉価に、そして書架にふさわしい美本として、多くのひとびとに提供しようとする。しかし私たちは徒らに百科全書的な知識のジレッタントを作ることを目的とせず、あくまで祖国の文化に秩序と再建への道を示し、この文庫を角川書店の栄ある事業として、今後永久に継続発展せしめ、学芸と教養との殿堂として大成せんことを期したい。多くの読書子の愛情ある忠言と支持とによって、この希望と抱負とを完遂せしめられんことを願う。

一九四九年五月三日